O CORREIO

Rabindranath Tagore

O CORREIO

Sônia Zaghetto

ORGANIZAÇÃO, TRADUÇÃO,
PREFÁCIO E NOTAS

SENHOR CORVO
Artes do Imaginário

https://www.senhorcorvo.com.br/
Facebook: /senhorcorvodigital
Instagram: @senhorcorvodigital
Email: alo@senhorcorvo.com.br

O correio

De Rabindranath Tagore
TÍTULO ORIGINAL: ডাকঘর (*Dak Ghar – O correio*), 1912
Traduzido do bengali para o inglês por Devabrata Mukherjee, 1914

TÍTULO EM INGLÊS: *The Post Office*

TRADUÇÃO: © Sonia Zaghetto, 2021
REVISÃO: Laura Folgueira
CAPA E PROJETO GRÁFICO: Victor Burton
DIAGRAMAÇÃO: Adriana Moreno

T128c Tagore, Rabindranath, 1861-1941.
O correio. / Rabindranath Tagore, tradução Sonia Zaghetto. - Brasília/DF : Senhor Corvo, 2021.
128 p.
ISBN 978-65-86125-77-1
1. Literatura 2. Literatura indiana 3. Dramaturgia I. Título.
CDD 891.4
CDU 821(540) : 792

Sumário

Rabindranath Tagore

DESENHO DE SIR WILLIAM ROTHENSTEIN

1912

Prefácio de
William Butler Yeats
para The Post-Office[1]

Quando esta pequena peça foi encenada em Londres, há um ano, por atores irlandeses,[2] alguns amigos meus descobriram alegorias muito detalhadas, sendo o chefe da aldeia um princípio da vida social e o vendedor de coalhada ou o velho, outros princípios. Mas o significado é menos intelectual. É mais emocional e simples.

1 Este prefácio sem título, escrito por William Butler Yeats, está na edição da peça *The Post Office*, publicada em 1914, traduzida do bengali para o inglês por Devabrata Mukerjee. A peça de Rabindranath Tagore havia sido publicada uma primeira vez, sem o prefácio de Yeats, em Nova York. O prefácio apareceu na edição da Macmillan londrina, em 1914, e se manteve inalterado na edição da Cuala Press (editora irlandesa criada em 1908 pela irmã de Yeats, Elizabeth) e nas reimpressões da edição da Macmillan, a primeira delas em abril de 1917. [N.T.]

2 Refere-se às apresentações ocorridas em Londres no período de 10 a 12 de julho de 1913, no Court Theatre, e que integravam a turnê da companhia Abbey Theatre. A primeira encenação da peça ocorreu em 17 de maio de 1913, no Abbey Theatre, em Dublin. Fonte: O'Donnell W.H. (1988) Preface to Rabindranath Tagore, *The Post Office*, tr. Devabrata Mukerjee (1914). In: O'Donnell W.H. (eds) *Prefaces and Introductions. The Collected Edition of the Works of W. B. Yeats.* Londres: Palgrave Macmillan. [N.T.]

Segundo o senhor Tagore, a libertação buscada e conquistada pela criança agonizante é a mesma que surgiu em sua mente quando uma vez, de madrugada, ele ouviu, em meio ao barulho de uma multidão voltando de algum festival, este verso de uma antiga canção de aldeia: "Barqueiro, leve-me para a outra margem do rio".

Ela, a libertação, pode vir a qualquer momento da vida, embora a criança a descubra na morte, pois sempre vem no momento em que o "eu", não buscando mais ganhos que não podem ser "assimilados por seu espírito", é capaz de dizer: "Todo o meu trabalho é vosso".[3]

No palco, a pequena peça se mostra perfeitamente construída e transmite ao público certo uma sensação de doçura e paz.

3 Este parágrafo, aparentemente obscuro, é uma referência a pensamentos expressos por Rabindranath Tagore acerca dos conceitos indianos de libertação espiritual (*moksha*) e o meio de alcançá-los (*sadhana*). Para compreender melhor o parágrafo, recomenda-se a leitura do texto "Sadhana: The Realization of the Infinite" [*Sadhana*: a realização do infinito], de Tagore, do qual Yeats extraiu os trechos entre aspas. Yeats fez uma nota neste prefácio, indicando que as citações estão nas páginas 162 e 163 do capítulo "The Realization of the Infinite", na edição publicada em Londres, em 1913. [N.T.]

No coração do infinito

Sonia Zaghetto

A LUA ESTAVA ALTA NO CÉU QUANDO CONCLUÍ, no último dia de 2020, a tradução de *Dak Ghar* (ডাকঘর, em bengali), *O correio,* peça de Rabindranath Tagore. Eu tinha lágrimas nos olhos. Era o fim de uma jornada de cinco anos lidando com esse texto de apenas cinquenta páginas, que trata de questões fundamentais e muito atuais, como a ameaça de uma doença, isolamento em casa e a forma como encaramos perdas e a nossa própria mortalidade. A lição final fala do amor que sobrevive na memória.

Comecei a traduzir a peça em 2015 e a guardei. Estava insatisfeita com algumas lacunas relacionadas à cultura bengali. Só a retomei em agosto de 2020. Resolvidas as questões pendentes, eu a concluí no último dia do ano em que o mundo inteiro se viu aprisionado em casa e ameaçado por uma doença mortal. Um ano em que, assim como o personagem principal de *O correio,* fomos forçados a nos isolar e vimos nossos contatos se limitarem às "janelas" de computadores e celulares através dos quais enxergávamos o mundo lá fora e nos conectávamos a desconhecidos. Uma coincidência que me emocionou.

Naquele ano de 2020, não consegui pensar em ninguém melhor do que Rabindranath Tagore para nos consolar em meio ao caos, ao medo e à dor. Amor, coragem e serenidade nos instantes de desolação constituem a essência da literatura de Tagore. Traduzem a experiência pessoal do poeta frente à morte dos seus familiares mais amados e à firmeza moral que era a marca dessa família de artistas que se habituou a desafiar e romper tradições caducas e inaceitáveis. Uma vida inteira de perdas avassaladoras resultou em textos plenos de espiritualidade e doçura.

O correio foi escrito pouco depois que Tagore enfrentou mais uma dessas perdas, talvez a que mais o impactou: a morte do filho de onze anos, Shamindranath. Esta veio depois da morte das mulheres que ele amou profundamente – a mãe, a jovem esposa, a filhinha e a cunhada (escritora, musa e melhor amiga). Desta vez, levou o filho mais amado, que se dizia ser tão talentoso quanto o próprio Tagore. Sobre esse momento, o poeta escreveu:

> *Quando o último momento do meu filho estava prestes a chegar, sentei sozinho no escuro, em uma sala ao lado, orando intensamente por sua passagem para o próximo estágio de existência em perfeita paz e bem-estar. Em determinado ponto do tempo, minha mente parecia flutuar em um céu onde não havia escuridão nem luz, mas uma profunda calma, um mar sem limites de consciência, sem uma ondulação ou murmúrio. Tive a visão de meu filho deitado no coração do infinito e estava prestes a gritar, para o médico que estava cuidando dele no quarto ao lado, que a criança estava segura, que havia encontrado sua libertação. Senti-me como um pai que enviou o filho pelo mar, aliviado ao saber de sua chegada a salvo*[4].

---

4 Dutta, Krishna e Andrew Robinson. Rabindranath Tagore: The Myriad-Minded Man. New York: St. Martin's Press, 1995, p. 148.

Cada uma dessas palavras está presente em *O correio*. Estive na casa de Tagore em Calcutá e imaginei que, pelas imensas janelas de vidro de seu escritório, ele tenha visto a árvore de *champa* se cobrir de flores, ano após ano. A primavera chegou e deixou Calcutá muitas vezes, a juventude abandonou o poeta e ele se converteu num profeta de longas barbas, um *gurudev*, homem santo que carregava a paz nos olhos. Essa paz me acompanhava quando terminei a tradução. Está, agora, nos meus olhos também.

Imaginei meus próprios mortos adormecidos no coração do infinito e, em meio às incertezas dos dias, pude reencontrar a serenidade.

Um texto simbólico

Pode-se dizer que *O correio* é uma meditação literário-filosófica sobre a morte, na qual a palavra morte jamais aparece. Essa e outras lacunas propositais na peça estão a serviço do caráter simbólico do texto, uma tessitura muito elaborada que nos fala de coragem, compaixão e liberdade, e sobre a forma como nos conectamos uns aos outros. É uma ponte entre a casa e o mundo, uma homenagem serena ao completo ciclo da existência. Justamente por ser um hino à vida, a história atravessou um século como inspiradora da esperança e da bravura capazes de iluminar as nossas horas de sombra.

No Ocidente, *O correio* é a mais famosa e amada obra dramática de Tagore e seu segundo livro de maior sucesso, depois de *Gitânjali*. Continua a ser regularmente produzida em diversos países a história do menino Amal, gravemente doente e condenado ao confinamento. Amal só se relaciona diretamente com o médico e a família. Todos os demais contatos, com desconhecidos que ele transforma em amigos, ocorrem através de uma janela na qual a criança vê a vastidão do mundo, comove-se com as coisas corriqueiras do cotidiano e deslumbra-se com as paisagens que se desenham no horizonte.

Originalmente escrita em bengali, no ano de 1912, foi traduzida para o inglês como *The Post Office* e apresentada em 1913 pela

Abbey Theatre Company, em Dublin e Londres. Tagore assistiu à peça, na Inglaterra, no mesmo ano em que recebeu o Prêmio Nobel de Literatura. Era o começo de uma carreira de sucesso no Ocidente, por razões muito diversas das que tornam aclamadas as peças de teatro.

Há de se ter a mente liberta de tecnicalidades para compreender a mensagem de Tagore, camuflada em um texto aparentemente simples. "Levei muitos anos para aprender sobre a vida após a morte em *O correio*", disse o poeta irlandês William Butler Yeats, que conheceu Tagore em Londres e se tornou um dos maiores divulgadores da obra do bardo indiano. Foi Yeats quem fez os arranjos para que *O correio* – que ele considerava uma obra-prima – fosse encenado na Europa.

Em 1917, em Calcutá, Gandhi, na fase inicial da luta nacionalista, se declarou "extasiado" ao assistir à peça encenada na casa de Tagore, tendo o poeta como intérprete de Thakurda.

A um hinduísta como Gandhi e a um poeta como Yeats não escapou o real sentido do texto. Eles não se deixaram impressionar pelas múltiplas referências e metáforas da morte presentes na peça. Compreenderam que o tema principal de *O correio* é a morte não como tragédia e perda, mas como liberação física e espiritual.

Ao leitor atento, é igualmente evidente a intenção de Tagore, a começar pelo fato de que a palavra morte jamais aparece diretamente no texto, como destacou Leah Tieger no ensaio sobre a peça em "Drama for Students". Na cena inicial, por exemplo, observa Tieger, Madhav fala sobre o assunto com o médico. Este diz que "se viver for o destino dele, então viverá muito". Mesmo quando Amal está morrendo, a palavra morte não é pronunciada. O médico real diz que a criança dorme, Thakurda junta as palmas das mãos e exige de Madhav, homem sem fé, que silencie. Não há lágrimas nem lamentos. Apenas liberdade, descanso e a natureza gloriosa, traduzida em brisa fresca e brilho de estrelas.

Tagore foi um poeta precoce, habituado desde jovem a dar às palavras um tratamento refinado e cuidadoso. Seria um grave erro imaginar que um artesão do verbo usaria "sono" como mero eufemismo. Em seu intrincado jogo de palavras, a ausência da palavra morte enfatiza o valor simbólico e subverte o convencionalmente aceito: a morte não é o fim da vida, e sim o começo de algo em alguma dimensão desconhecida. Note as palavras finais de Amal: "Eu me sinto muito bem, doutor. Muito bem. Toda a dor passou. Tudo está fresquinho e aberto! Agora, eu consigo ver todas as estrelas piscando do outro lado da escuridão".

Eis por que a peça lida com o sofrimento de Amal apenas em nível superficial. Essa morte – nos diz Tagore – não é trágica. Ela representa a libertação da existência terrena, marcada pela dor.

No texto, as crenças espirituais e os sentimentos do poeta bengali estão embalados em uma estrutura cuja singeleza é enganosa. Os três breves atos são apresentados em linguagem coloquial, sem um enredo elaborado ou aprofundamento dos caracteres. Ainda assim, são moldura de uma poderosa e atemporal alegoria.

No campo de concentração

Foram as características de conforto espiritual e forte emoção transmitidas pelo texto que inspiraram o pediatra e educador judeu polonês Janusz Korczak (Henryk Goldszmit) a encenar *O correio* com os seus estudantes numa escola do gueto de Varsóvia no dia 18 de julho de 1942. Korczak queria preparar as crianças para enfrentarem com coragem e alguma serenidade a morte iminente que as esperava nos campos de concentração nazistas. Havia compreendido perfeitamente que o poeta bengali via a morte de Amal como "liberdade espiritual" após um longo sofrimento num "mundo de riqueza acumulada e credos certificados".

Antes de encenar o texto, tendo as crianças como atores, ele disse: "A peça é mais do que um texto, é um clima. Transmite mais do que emoções, é uma experiência. E os atores são mais do que atores, eles são crianças". Questionado sobre o motivo de ter escolhido a peça de

Tagore, proibida pela censura nazista, teria respondido: "Todos nós devemos aprender a enfrentar a morte com serenidade".[5]

Korczak – influente na sociedade polonesa – recusou todas as ofertas para abandonar os órfãos à própria sorte. Dezoito dias depois de encenar a peça, ele e suas crianças foram conduzidos de trem ao campo de Treblinka, onde foram mortos na câmara de gás.

Irena Sendler, a mulher que salvou 2.500 crianças judias e trabalhou com Korczak no orfanato judeu do Gueto, descreveu a cena ocorrida no dia 4 de agosto de 1942, quando o pediatra se juntou a quase duzentas crianças e membros da equipe do orfanato e com eles seguiu até uma Umschlagplatz, as áreas de detenção adjacentes às estações ferroviárias na Polônia ocupada, de onde o trem os levaria para Treblinka.

O caminho do orfanato à Umschlagplatz era longo. Durou quatro horas. Korczak levava consigo duas crianças. "Ele caminhou à frente da procissão trágica. Segurava a criança mais nova no braço e, com a outra mão, conduzia outra criança", narrou Sendler.

"Eu estava no orfanato e assisti à peça. Então, quando no dia 4 de agosto de 1942 vi aquele desfile trágico na rua, aquelas crianças inocentes caminhando obedientemente na procissão da morte e ouvindo as palavras otimistas do médico, não sei como não se partiu o meu coração e das outras testemunhas. Mas nossos corações permaneceram intactos, assim como restaram pensamentos que até hoje não podem ser compreendidos pelas demais pessoas", escreveu Sendler.

Desafios desta tradução

Traduzir uma obra escrita na Índia do início do século XX é um desafio. Optei por não apagar as marcas da linguagem antiga e da cultura bengali presentes em toda a obra de Rabindranath Tagore. Ao con-

---

5 Informações tiradas do site da Associação Suíça dos Amigos do Dr. Janusz Korczak. Disponível em: <https://korczak.ch/biographie/1939-1942-la-guerre/>. Acesso em: 4 mar. 2021.

trário, preferi acentuá-las. Estão presentes as referências ao *Ramayana*, a grande epopeia hindu, e às escrituras sânscritas da medicina ayurvédica; à paisagem natal de Tagore, com suas montanhas, rios e animais; à simplicidade do alimento dos pobres, os bolinhos de arroz com melaço e o arroz tufado; às tradicionais bonecas *bene-bou*, feitas de argila; ao conto de fadas dos irmãos champa e parul, uma história que há milênios faz parte do folclore de Bangladesh e da região de Bengala Ocidental, e que optei por traduzir e incluir neste livro a fim de possibilitar ao leitor um mergulho mais completo no universo cultural de Rabindranath Tagore.

Temi os perigos ocultos no texto. Difícil traduzir do inglês, sem conhecimento de bengali e tendo em mente o que todos os acadêmicos e o próprio poeta reconheceram: a poesia de Tagore perdeu muito na tradução para o inglês, tanto em forma como em conteúdo. Mais grave é pensar que o texto passou por duas traduções, o que, sem dúvida, o distancia ainda mais de suas feições originais. É imenso o risco de se perderem pelo caminho as delicadezas e filigranas que são características da escrita de Tagore.

Minha tradução é baseada no texto em inglês de Devabrata Mukherjee, datado de 1912 – o mesmo usado por Cecília Meireles, em 1949, em sua tradução intitulada *O carteiro do rei*. Acrescentei uma cuidadosa checagem em edições mais recentes, em inglês e francês, além de consultar artigos acadêmicos e páginas especializadas a fim de compreender melhor certas expressões em bengali que haviam sido cortadas na tradução de Mukherjee.

Mantive o título *O correio*, a fim de me aproximar da vontade do autor no original. Da mesma forma, optei por não traduzir a palavra inglesa *gaffer* – antiga gíria que designa um homem velho – e identifiquei o faquir apenas com o nome original em bengali, Thakurda (ঠাকুরদা), que significa avô ou vovô.

Uma das armadilhas deste texto é também a sua força e essência: o seu sentido simbólico. Personagens, frases e palavras, tudo tem um duplo sentido que deve ser cuidadosamente preservado pelo tradutor. Esse sentido simbólico – que busquei compreender e retratar –

foi a razão maior desta tradução se estender por tanto tempo. Meditei sobre cada palavra contida na peça.

Todo o simbolismo se fundamenta nas crenças religiosas de Tagore, e isso exige do tradutor uma atenção especial ao contexto sociocultural no qual o escritor se movimentou. Oriundo de uma família de reformistas do Hinduísmo, o poeta se opunha ao rígido sistema de castas e acreditava na igualdade entre os homens, algo que pode ser claramente identificado na maneira como ele retrata as personagens na peça.

A visão de Tagore transforma o confinamento de Amal em metáfora do espírito aprisionado em um corpo mortal. Puro, ele anseia por liberdade, cor e uma vida iluminada pela simplicidade, além das convenções, riquezas e condicionamentos. É emblemática a cena da chegada do arauto do rei. O personagem põe abaixo as barreiras humanas e traz consigo um médico real que abre as janelas para que entre a luz das estrelas. Eis ali a herança das escrituras e crenças indianas sobre o princípio espiritual (*purusha*) que vive as experiências no mundo material (*prakriti*) até alcançar a libertação (*moksha*).

O gongo do vigia ecoa no coração de Amal. Já a voz do vendedor de coalhada desperta na criança uma "saudade de casa" e convida às delícias terrenas que atraem o garoto. São os *dwandwas* mencionados nos *Yoga Sutras* de Patânjali e no *Bhagavad Gita*, os pares de opostos inerentes à vida material. Amal se divide entre os pequenos confortos emocionais e físicos da existência na Terra e o chamado do gongo, a lembrá-lo que o tempo está correndo célere e logo soará a hora de voltar para a dimensão espiritual de onde veio.

A última cena da peça é praticamente uma compilação de temas bastante presentes na poesia de Tagore: o sono final que chega suavemente; a lâmpada artificial que se apaga, abrindo caminho para a volta à natureza gloriosa; a alma pronta para partir quando sua hora chegar; o desapego. Do mundo que fica, Amal leva apenas a flor de um amor nutrido em pureza e inocência.

Não sem razão, o personagem Thakurda foi interpretado pelo próprio Tagore em diversas apresentações da peça na Índia. O poeta é o contador de histórias; seu é o reinado da imaginação e da criatividade.

Com suas palavras e seu pensamento livre, ele cria um mundo novo para a criança agonizante. Juntos, os dois conversam sobre grandes mistérios em linguagem metafórica.

Em Amal, Thakurda encontra o parceiro perfeito. A criança imaginativa e sensível é um personagem angelical, capaz de oferecer a todos os seus interlocutores um novo gosto pela existência. O vendedor de coalhada, o vigia, o chefe, a florista e os meninos da aldeia recebem dele apenas dádivas, generosidade. Amal oferece ao vendedor de coalhada uma visão poética de sua rotina, dá brinquedos aos meninos cujo horizonte não vai além da aldeia, entrega-se a Sudha com afeição de irmão e oferta ao valentão orgulhoso o perdão mais puro.

Ao conquistar desconhecidos com gentileza e afeto, revela o que neles há de melhor. Um amor que se estende a todas as coisas e seres, sem distinção. Essencialmente, Amal é um sonhador e um amante da vida que reúne as qualidades que Tagore apreciava: aventureiro, inocente, espontâneo, simpático, observador, curioso, desprovido de preconceitos sociais e transbordante de amor. Ao longo da peça, ele sofre uma sutil transformação: à medida que enfraquece fisicamente, torna-se mais forte espiritualmente. Ao final, já enxerga além dos limites do seu quarto.

Cada personagem tem, portanto, um papel simbólico significativo a desempenhar no drama interno da alma que aguarda pela libertação, ainda dividida entre as delícias físicas e as promessas espirituais. O Vigia simboliza o tempo; Sudha é graça e amor. Madhav é o homem materialista que aos poucos descobre o amor incondicional, embora, nas suas falas, esteja presente a angústia do próprio Tagore, que se consola pela perda do filho grafando frases sobre a necessidade de "devolver" a criança que lhe foi entregue ("Esta criança que não é minha, mas que amei como se fosse minha, será tirada de mim"). O médico representa o conhecimento puramente intelectual, que impede o homem de alcançar a sabedoria. Mesmo o cruel chefe da aldeia tem seu lugar.

Assim, querido leitor, sugiro que ao ler *O correio* não imite o médico sabichão e os pânditas citados no texto. Ao contrário, abandone o conhecimento puramente livresco e arrogante que se afasta do mundo vibrante e pleno de doçuras oferecido pelo poeta.

Não exija encontrar, nesta peça, os elementos tradicionais do teatro ocidental. Aqui, eles não são importantes. Ponha seus olhos e seu coração sobre a complexidade de Tagore, sua espiritualidade e seu senso de solidão. E seu espírito poderá ouvir a voz do poeta vencer o tempo e lhe apresentar a primavera:

Quem és tu, leitor, lendo os meus poemas daqui a cem anos?
Não posso enviar-te uma única flor desta rica primavera, um singelo vestígio de ouro das nuvens longínquas.
Abre as tuas portas e olha para fora.
Do teu jardim florescente, colhe memórias perfumadas de flores desaparecidas um século antes.
Na felicidade do teu coração, que possas sentir a alegria viva que cantou numa manhã de primavera, enviando sua alegre voz por cem anos.[6]

---

6 *O jardineiro*, 1915.

O CORREIO

Personagens

MADHAV DUTTA

AMAL, *seu filho adotivo*

THAKURDA (ou o FAQUIR)

MÉDICO

VENDEDOR DE COALHADA

VIGIA

CHEFE DA VILA, *um valentão*

SUDHA, *uma pequena florista*

GAROTOS

ARAUTO DO REI

MÉDICO REAL

ATO

{I}

CENA I

Casa de Madhav Dutta

MADHAV

Em que estado estou! Antes que ele viesse, nada importava. Eu me sentia tão livre. Mas, agora que ele veio, Deus sabe de onde, preencheu o meu coração com sua presença adorada. Se ele se for, minha casa não mais vai parecer um lar para mim. Doutor, o senhor acha que ele...

MÉDICO

Se viver for o destino dele, então viverá muito. Mas, pelo que dizem os livros de ayurveda, parece que...

MADHAV

Oh, céus, o que dizem?

MÉDICO

Os livros dizem: "Bile ou paralisia, resfriado ou gota – todos iguais...".

MADHAV

Oh, pare, não recite esses textos para mim! O senhor só me deixa mais ansioso. Em vez disso, diga-me o que devo fazer.

MÉDICO
[Cheirando rapé.]

O paciente precisa dos mais minuciosos cuidados.

MADHAV

Isso, o senhor já disse, mas me diga quais cuidados.

MÉDICO

Eu já lhe disse antes: sob nenhuma circunstância, deve-se deixá-lo sair.

MADHAV

Pobre criança. É muito cruel mantê-lo dentro de casa o dia inteiro.

MÉDICO

Que escolha você tem? O sol do outono e a umidade são, ambos, muito ruins para o pequeno. Pois os livros de Ayurveda dizem:
"Na respiração ofegante, no desmaio ou no tremor nervoso, em icterícia ou olhos pesados...".

MADHAV

Esqueça os livros, por favor. Então, nós devemos trancar o pobrezinho dentro de casa. Não há outro método?

MÉDICO

Nenhum. Pois "no vento e no sol...".

MADHAV

No que os seus "em caso disso ou daquilo" me ajudariam agora? Por que o senhor não os deixa de lado e vai direto ao ponto? O que há para ser feito? Seu tratamento é muito, muito difícil para o pobre garoto; e ele é tão bonzinho, mesmo com toda essa dor e doença. Corta o meu coração vê-lo estremecer quando toma os remédios que o senhor prescreve.

MÉDICO

É bom que ele estremeça. O sábio Chyabana observa: "Em medicina e nos bons conselhos, os menos agradáveis são os melhores". Ah, bem, preciso ir, senhor Dutta.

[Sai.]

CENA II

[Entra Thakurda.]

MADHAV

Ai, estou mesmo amaldiçoado. Está chegando o Thakurda.

THAKURDA

Ora, ora, eu não vou morder você!

MADHAV

Não, mas você é um demônio que faz as crianças perderem a cabeça. Ficam loucas quando você está por perto.

THAKURDA

Mas você não é criança nem tem crianças em casa. Por que se preocupar, então?

MADHAV

Ah, é que eu trouxe uma criança para casa.

THAKURDA

Verdade?

MADHAV

Você lembra como minha esposa estava louca para adotar um menino?

THAKURDA

Sim, mas essa é uma história antiga. E você não gostava da ideia.

MADHAV

Você sabe, meu amigo, como tem sido difícil ganhar dinheiro. E eu pensava que seria terrível se o filho de alguém aparecesse e desperdiçasse todo o dinheiro que eu ganho com tanto esforço... Ah, eu odiava a ideia. Mas esse garoto domina o meu coração de uma forma tão estranha que...

THAKURDA

... que a sua fortuna vai toda para ele e você se sente muito feliz por causa disso. Quanto mais você gasta, mais acha que deu um bom destino ao seu dinheiro.

MADHAV

Antigamente, ganhar dinheiro era uma espécie de vício para mim. Eu simplesmente não conseguia parar de trabalhar, só pensando em dinheiro. Agora, como eu sei que tudo vai para o meu menino querido, ganhar dinheiro se tornou uma alegria.

THAKURDA

Ah, bem, e onde você o encontrou?

MADHAV

Ele é filho de um homem da aldeia que era como um irmão para minha esposa. Perdeu a mãe quando era bem pequeno, coitadinho. E, agora, há pouco tempo, também perdeu o pai.

THAKURDA

Pobrezinho. Então, ele precisa de mim ainda mais.

MADHAV

O médico disse que todos os órgãos do corpinho dele estão afetados e que não há muita esperança de que ele viva. Há um único modo de salvá-lo, que é mantê-lo longe do sol e do vento do outono. Mas você é um terror (e nessa idade!): chega com as suas brincadeiras e arrasta as crianças para fora de casa! Por isso, você me assusta!

THAKURDA

Deus me livre! Então, eu sou tão ruim quanto o sol e o vento do outono, hein? Mas, amigo, eu também sei brincar dentro de casa. Bem, tenho algumas coisas para fazer. Quando terminar, virei aqui para fazer amizade com o seu garoto.

[Sai.]

CENA III

[Entra Amal.]

AMAL

Tio, tio!

MADHAV

O que é, Amal?

AMAL

Não posso mesmo ir lá fora? Nem no pátio?

MADHAV

Não, queridinho, não.

AMAL

Veja, ali onde a titia está moendo lentilhas, um esquilo está sentado com a cauda levantada e, com as suas mãozinhas, pega os grãos de lentilha quebrados e os mastiga. Posso correr lá pra ver?

MADHAV

Não, meu filho, não.

AMAL

Eu queria ser um esquilo... seria tão bom. Tio, por que não posso sair?

MADHAV

O doutor disse que, se você sair, vai ficar doente.

AMAL

Como o doutor pode saber?

MADHAV

Isso é coisa que se diga, Amal? Como o doutor pode não saber, se ele lê uns livros enormes?

AMAL

Ler faz a gente saber todas as coisas?

MADHAV

Claro, você não sabe disso?

AMAL

[Com um suspiro] *Ah, eu sou muito burrinho. Eu não leio livros.*

MADHAV

Ah, pense no que vou lhe dizer: você agora é como os pânditas, os maiores sábios. Como você sabe, eles nunca saem de casa.

AMAL

Nunca mesmo?

MADHAV

Não. Como eles poderiam? Desde a manhã até bem tarde eles se sentam e leem livros, e não têm olhos para mais nada. Amal, meu filho, quando crescer você vai ser pândita, um sábio. Então, ficará em casa e lerá livros enormes, e as pessoas vão olhar para você e dizer: "Que maravilha!".

AMAL

Não, não, tio! Eu imploro a você, aqui, de joelhos aos seus pés... Eu não quero ser pândita. Não quero ser sábio, tio.

MADHAV

Querido, querido, por que não? Minha vida teria sido bem diferente se eu tivesse estudado.

AMAL

Não, eu prefiro sair por aí e ver tudo que existe.

MADHAV

Ouça isto! Ver o quê? O que há para ver?

AMAL

Aquelas colinas distantes, por exemplo. Da minha janela, eu as enxergo... Eu adoraria ir além delas. E logo.

MADHAV

Oh, tolinho! Como se não houvesse nada mais a fazer do que subir no topo daquelas colinas e ir além! Você fala coisas sem sentido, meu filho. Agora, ouça, se aquelas colinas estão de pé ali, eretas como uma barreira, isso significa que você não pode ultrapassá-las. Senão, qual seria a utilidade de amontoar tantas pedras enormes para fazer algo tão grande, hein?

AMAL

Tio, você acha que é para impedir a passagem? Parece-me que, como a terra não pode falar, ela ergue as mãos para o céu e acena, nos chamando. E aqueles que vivem longe e se sentam sozinhos nas suas ja-

nelas conseguem ver o chamado. Mas e os pânditas sábios... será que eles também veem?

MADHAV

Não, eles não têm tempo para esse tipo de bobagem. Não são louquinhos como você.

AMAL

Sabe, ontem eu encontrei alguém quase tão louco quanto eu.

MADHAV

Você está brincando! Sério? Conte!

AMAL

Ele tinha um cajado de bambu no ombro com uma pequena trouxa na ponta, uma panela de latão na mão esquerda e um velho par de sapatos. Ele estava indo direto para as colinas, atravessando aquele prado ali. Chamei por ele e perguntei: "Para onde você vai?". Ele respondeu: "Não sei, para qualquer lugar!". Perguntei de novo: "Por que você vai?". Ele disse: "Vou procurar trabalho". Diga, tio: todo mundo tem que procurar trabalho?

MADHAV

Claro que sim. As pessoas estão sempre procurando trabalho.

AMAL

Que bom! Eu também vou, como elas, procurar um trabalho.

MADHAV

Suponha que você procure e não encontre. E então?

AMAL

Não seria engraçado? Então eu iria mais longe ainda! Olhei aquele homem caminhando bem devagar, com os seus sapatos gastos. Quando ele chegou naquele local em que a água passa por debaixo da figueira, parou e lavou os pés no riacho. Então, tirou da trouxa um pouco de farinha, misturou com água e começou a comer chattu. *Depois, amarrou a trouxa e a colocou novamente no ombro; enrolou as calças acima do joelho e atravessou o riacho. Pedi à titia que me deixasse ir até o riacho e comer* chattu *do jeito que ele fez.*

MADHAV

E o que a sua tia disse?

AMAL

Titia disse: "Quando você ficar curado eu levarei você até lá". Por favor, tio, quando vou melhorar?

MADHAV

Não vai demorar, querido.

AMAL

Mesmo? Então, eu vou assim que melhorar.

MADHAV

E aonde você irá?

AMAL

Ah, vou caminhar, cruzar muitos riachos, andar por dentro da água. Todos estarão dormindo, com as portas fechadas no calor do dia, e eu vou vagar, à procura de trabalho muito, muito longe.

MADHAV

Entendi! Eu acho que é melhor você melhorar primeiro. Depois...

AMAL

Mas você não vai querer que eu seja sábio pândita, não é, tio?

MADHAV

O que você prefere ser, então?

AMAL

Não consigo pensar em nada agora, mas eu lhe digo mais tarde.

MADHAV

Muito bem. Mas lembre-se: você não deve mais chamar e falar com estranhos.

AMAL

Mas eu adoro falar com estranhos!

MADHAV

E se um deles tivesse levado você embora?

AMAL

Teria sido ótimo! Mas ninguém jamais me leva embora. Todos querem que eu fique aqui.

MADHAV

Estou indo para o meu trabalho... Queridinho, você não vai sair, não é?

AMAL

Não, eu não vou. Mas, tio, deixe eu ficar aqui neste quarto, que fica ao lado da estrada.

[Sai Madhav.]

ATO

II

CENA I

Casa de Madhav

VENDEDOR DE COALHADA

Da'i, Da'i, coalhadas! Coalhadas boas, coalhadas gostosas!

AMAL

Vendedor de coalhada, ei, vendedor de coalhada.

VENDEDOR DE COALHADA

Pois não? Quer comprar coalhada?

AMAL

Como eu poderia comprar? Não tenho dinheiro.

VENDEDOR DE COALHADA

Mas que garoto! Por que me chamou, então? Ah, que perda de tempo.

AMAL

Sabe, eu andaria com você, se pudesse.

VENDEDOR DE COALHADA

Comigo?

AMAL

Sim, quando ouço a sua voz, lá longe, na estrada, sinto uma espécie de saudade de casa.

VENDEDOR DE COALHADA
[Colocando no chão a canga que carrega nos ombros e na qual estão pendurados os recipientes de coalhada.]

O que você está fazendo aqui, meu filho?

AMAL

O médico diz que eu não posso sair, então eu sento aqui o dia todo.

VENDEDOR DE COALHADA

Pobrezinho, o que aconteceu com você?

AMAL

Eu não sei dizer. Veja, eu não sou sábio, então, eu não sei qual o meu problema. Mas me diga, vendedor de coalhada: de onde você vem?

VENDEDOR DE COALHADA

Da nossa aldeia.

AMAL

Sua aldeia? É muito longe?

VENDEDOR DE COALHADA

Nossa aldeia fica às margens do rio Shamli, ao pé das colinas Panchmura.

AMAL

Colinas Panchmura! Rio Shamli! Eu acho que já vi a sua aldeia, mas não consigo lembrar quando foi.

VENDEDOR DE COALHADA

Você viu a nossa aldeia? Foi até o pé daquelas colinas?

AMAL

Nunca. Mas pareço me lembrar de tê-la visto. Sua aldeia fica sob árvores muito grandes e antigas, bem ao lado da estrada vermelha... não é?

VENDEDOR DE COALHADA

Isso mesmo, meu filho.

AMAL

E o gado pasta nas encostas da colina.

VENDEDOR DE COALHADA

Que maravilha! De fato, há gado pastando em nossa aldeia. Sim, isso mesmo!

AMAL

E suas mulheres, com sáris vermelhos, enchem seus jarros no rio e os carregam na cabeça.

VENDEDOR DE COALHADA

Sim, isso mesmo! As mulheres de nossa aldeia leiteira vêm e retiram água do rio; mas nem todas têm um sári vermelho para vestir. Minha criança querida, certamente, você já deve ter dado um passeio por lá.

AMAL

Na verdade, nunca estive lá. Mas no primeiro dia que o médico me deixar sair, você vai me levar para a sua aldeia, não é?

VENDEDOR DE COALHADA

Eu levo, meu filho, com prazer.

AMAL

E você me ensinará a gritar "coalhada!" e pôr a canga nos ombros, para caminhar pelas estradas sem fim?

VENDEDOR DE COALHADA

Querido, querido, alguma vez você já fez isso? Por que você deveria vender coalhada? Não, você vai ler grandes livros e ser sábio.

AMAL

Não, eu não quero ser sábio... Eu quero ser como você e levar as minhas coalhadas da aldeia pela estrada vermelha perto da velha árvore banyan, e eu vou vendê-las de casa em casa. Ah, como é que você diz? Da'i, Da'i, coalhadas boas, coalhadas gostosas. Você vai me ensinar a toada?

VENDEDOR DE COALHADA

Querido, querido, eu lhe ensinarei a toada, sim. Mas que ideia: ensinar a vender coalhada!

AMAL

Por favor, faça isso. Adoro ouvir. Nem sei explicar o que eu sinto quando ouço a sua voz na curva daquela estrada, por entre as árvores! Eu me sinto do mesmo jeito quando ouço o grito dos falcões quase no fim do céu.

VENDEDOR DE COALHADA

Meu filho, você quer umas coalhadas?

AMAL

Mas eu não tenho dinheiro...

VENDEDOR DE COALHADA

Não, não, não, nem fale em dinheiro! Você me fará muito feliz se aceitar uma das minhas coalhadinhas.

AMAL

Eu o atrasei muito?

VENDEDOR DE COALHADA

Nem um pouco. Não foi uma perda de tempo para mim, de forma alguma. Hoje, você me ensinou como ser feliz vendendo coalhadas.

[Sai o vendedor de coalhada.]

AMAL
[Entoando.]

Da'i, coalhadas, boas coalhadas, coalhadas gostosas – da terra das colinas Panchmura, junto às margens do rio Shamli! Coalhadas, boas coalhadas. De manhã cedo, as mulheres põem as vacas em fila sob as árvores e tiram o leite, e, à tardinha, elas fazem coalhadas. Coalhadas, boas coalhadas.

Ah, lá vem o Vigia fazendo a ronda. Vigia, ei, Vigia, venha cá e converse comigo um pouquinho!

CENA II

[Entra o Vigia.]

VIGIA

Que confusão é essa que você está fazendo? Você não tem medo da mim?

AMAL

Não. Por que eu deveria ter medo de você?

VIGIA

E se eu levasse você preso?

AMAL

Para onde você me levaria? É muito longe? Fica além das colinas?

VIGIA

E se eu levasse você direto ao Rei?

AMAL

Ao Rei! Você me levaria? Mas o médico não me deixa sair. Ninguém pode me levar. Tenho de ficar aqui o dia todo.

VIGIA

O médico não deixa você sair, pobrezinho! Agora eu percebo: seu rostinho está pálido e há olheiras em volta dos seus olhos. As veias saltam nas suas mãos magrinhas.

AMAL

Você não vai soar o gongo, Vigia?

VIGIA

Ainda não é a hora.

AMAL

Que interessante! Uns dizem que ainda não está na hora, e outros dizem que a hora já passou! Mas, certamente, a hora vai chegar no momento em que você tocar o gongo.

VIGIA

Isso não é possível. Eu toco o gongo apenas na hora certa.

AMAL

Sim, eu adoro ouvir o seu gongo. Quando é meio-dia e nossa refeição acaba, o tio sai para o trabalho, titia adormece lendo seu Ramayana e, no pátio, à sombra do muro, nosso cãozinho dorme com o focinho na cauda enrolada, então, seu gongo soa: "Dong, dong, dong!". Diga-me: por que soa o seu gongo?

VIGIA

Meu gongo soa para avisar às pessoas que o Tempo não espera por ninguém e continua a seguir eternamente.

AMAL

Para onde, para qual terra?

VIGIA

Isso, ninguém sabe.

AMAL

Então, eu acho que ninguém jamais esteve lá! Ah, eu queria muito voar com o Tempo para aquela terra que ninguém conhece.

VIGIA

Todos nós teremos de ir para lá um dia, meu filho.

AMAL

Eu também?

VIGIA

Sim, você também.

AMAL

Mas o médico não me deixa sair.

VIGIA

Um dia, talvez o próprio médico pegue você pela mão e o leve até lá.

AMAL

Ah, ele não vai, não. Você não o conhece. Ele só quer me manter aqui dentro.

VIGIA

Alguém maior que ele vem e nos liberta.

AMAL

Quando esse grande médico virá me buscar? Eu não aguento mais ficar aqui.

VIGIA

Não diga essas coisas, meu filho.

AMAL

Não. Eu estou aqui onde me deixaram... Eu nunca saio, nem um pouquinho. Mas, quando seu gongo soa – dong, dong, dong –, ele mexe com o meu coração. Vigia...

VIGIA

Sim, querido?

AMAL

O que está acontecendo naquela casa grande do outro lado, onde há uma bandeira tremulando no alto e as pessoas estão sempre entrando e saindo?

VIGIA

Ah, ali? É a nossa nova agência do correio.

AMAL

Agência do correio? De quem é?

VIGIA

De quem? Ora, do Rei, é claro.

AMAL

As cartas do Rei vêm para a agência dele?

VIGIA

É claro. Um belo dia, pode até haver uma carta para você lá.

AMAL

Uma carta do Rei para mim? Mas eu sou apenas um garotinho.

VIGIA

O Rei manda pequenos bilhetes para os garotinhos.

AMAL

Ah, que maravilha! Quando eu vou receber a minha carta? Como você sabe que ele vai escrever para mim?

VIGIA

Ora, por que razão ele colocaria sua agência de correio aqui, exatamente diante da sua janela aberta, com uma bandeira dourada flutuando?

AMAL

Mas quem vai buscar a carta que o Rei me mandar, quando ela chegar?

VIGIA

O Rei tem muitos mensageiros. Você não os vê correndo por aí com distintivos dourados e redondos no peito?

AMAL

E aonde eles vão?

VIGIA

Ah, de porta em porta, por todo o país.

AMAL

Eu vou ser mensageiro do Rei quando crescer.

VIGIA
[Rindo.]

Mensageiro do Rei! De fato! Chova ou faça sol, de casa em casa entregando cartas para ricos e pobres... esse é realmente um ótimo trabalho!

AMAL

Isso é o que eu mais quero! Por que você está rindo tanto? Ah, sim, é que seu trabalho também é ótimo. Quando há silêncio em toda parte, no calor do meio dia, seu gongo toca – dong, dong, dong – e, às vezes, quando eu acordo à noite, de repente, e encontro nossa lâmpada apagada, consigo ouvir na escuridão seu gongo soando bem devagar: dong, dong, dong!

VIGIA

Oh, oh, eis o Chefe da aldeia. Eu preciso ir. Se ele me apanha fofocando com você, certamente, vai me causar problemas

AMAL

O Chefe? Onde ele está?

VIGIA

Ali embaixo, na estrada. Está vendo aquela enorme sombrinha de folhas de palmeira que vem saltitando? É ele!

AMAL

Foi o Rei quem escolheu o nosso Chefe?

VIGIA

Escolhido pelo Rei? Ah, não. Esse é um intrometido que ocupou o cargo! Mas ele sabe tantas maneiras de se tornar desagradável que todos têm medo dele. Criar problemas para todo mundo é só um jogo para gente como ele. Preciso ir agora! Não posso deixar o trabalho esperando. Voltarei amanhã de manhã e lhe contarei as novidades da cidade.

[Sai o Vigia.]

AMAL

Seria esplêndido receber uma carta do Rei todos os dias. Eu as leria na janela. Mas, oh, eu não sei ler! Eu me pergunto: quem as leria para mim? Bem, titia lê seu Ramayana; talvez ela possa ler as cartas do Rei. Se ninguém puder ler, vou guardá-las cuidadosamente para ler quando eu crescer. Mas e se o mensageiro do Rei não me encontrar? Chefe, senhor Chefe, posso falar com o senhor?

CENA III

[Entra o chefe.]

CHEFE

Quem está berrando meu nome na estrada? Ah, seu moleque miserável!

AMAL

O senhor é o chefe? Ouvi dizer que todos lhe obedecem.

CHEFE
[Parecendo satisfeito]

Sim, oh, sim, eles me obedecem. Eles devem obedecer!

AMAL

Os mensageiros do Rei também?

CHEFE

Claro que sim! Eles têm de me ouvir!

AMAL

O senhor poderia dizer aos mensageiros do Rei que o meu nome é Amal e que estou sempre sentado aqui perto da janela?

CHEFE

E o que há de mais nisso?

AMAL

É para o caso de haver uma carta para mim.

CHEFE

Uma carta para você! E quem iria escrever para você?

AMAL

No caso de o Rei escrever...

CHEFE
[Rindo muito.]

Que rapazinho incomum é você! O Rei, de fato, deve ser seu amigo do peito, hum? Vocês não têm se visto há bastante tempo, e o Rei está doente de saudade, tenho certeza. Espere e, logo, você receberá a sua carta.

AMAL

Chefe, por que o senhor fala comigo desse jeito? Está bravo?

CHEFE

Bravo? Claro que não! Eu não me atreveria! Afinal, você se corresponde com o Rei! Madhav Dutta anda muito importante estes dias: só porque conseguiu uma pequena fortuna, ele acha que pode usar o nome de reis e príncipes. Deixe-me encontrá-lo e ele vai se ver comigo. Ah, e você, moleque, eu mesmo vou pegar a carta real e mandar para a sua casa. Pode apostar!

AMAL

Não, não, por favor, não se preocupe com isso.

CHEFE

E por que não? Eu insisto! Vou falar ao Rei sobre você e ele não vai demorar. Um dos empregados dele virá logo para saber notícias suas.
[Falando de lado.] *O atrevimento de Madhav Dutta me impressiona. Se o Rei souber disso, vai acabar com esses absurdos.*

[O chefe sai.]

AMAL

Quem está vindo lá? Como tilintam as suas tornozeleiras! Pare um pouquinho, querida, por favor.

CENA IV

[Sudha, uma garota, entra.]

SUDHA

Eu não tenho tempo a perder. Já é tarde.

AMAL

Estou vendo que você não quer parar. Eu também não gosto de ficar aqui.

SUDHA

Olhar para você me lembra aquelas tardias estrelas da manhã. Qual é o seu problema?

AMAL

Eu não sei. O médico não me deixa sair.

SUDHA

Ah, então, não saia! Você deve ouvir o médico. As pessoas ficarão bravas com você se for desobediente. Eu acho que estar sempre olhando para fora deve fazer você se sentir cansado. Deixe-me fechar a janela para você, só um pouquinho.

AMAL

Não, não feche. Apenas essa está aberta! Todas as outras estão fechadas. Mas vai me dizer quem é você? Acho que não lhe conheço.

SUDHA

Eu sou Sudha.

AMAL

Que Sudha?

SUDHA

Você não sabe? A filha da vendedora de flores.

AMAL

E o que você faz?

SUDHA

Eu recolho flores na minha cesta.

AMAL

Oh, colher flores! Eis por que seus pés parecem tão felizes e suas tornozeleiras tilintam tão alegremente enquanto você caminha. Eu gostaria de estar aí fora também. Eu pegaria algumas flores para você nos galhos mais altos, aqueles que você nem consegue ver.

SUDHA

Você faria mesmo isso? Você sabe mais do que eu sobre o lugar onde as flores estão?

AMAL

Sim, eu sei. Eu sei tudo sobre o conto de fadas dos "Sete irmãos champa". Quando eu ficar curado, vou direto para a floresta fechada, onde não se pode ver o caminho. E lá, onde o beija-flor bebe mel e se embala na ponta do galho mais fino, eu vou florescer como uma champa. Você seria a minha irmã parul?

SUDHA

Você é bobo! Como eu poderia ser sua irmã parul se eu sou Sudha e minha mãe é Sashi, a vendedora de flores? Todos os dias, tenho de fazer grinaldas. Eu ficaria bem feliz se pudesse passar o dia todo sentada com você.

AMAL

O que você faria durante o dia inteiro?

SUDHA

Eu poderia me divertir muito brincando com minha boneca bene, a noiva, e com Meni, a gatinha... Ah, está ficando tarde e eu devo ir ou não encontrarei uma única flor.

AMAL

Oh, fique um pouco mais. Eu gosto tanto!

SUDHA

Ah, não seja malcriado. Seja bonzinho e fique quieto. Na volta para casa, depois de colher as flores, eu virei para conversar com você.

AMAL

E você vai me dar uma flor?

SUDHA

Não, eu não posso. São para vender. Você teria de pagar.

AMAL

Eu pagarei quando crescer... Antes de sair para procurar trabalho do outro lado daquele riacho.

SUDHA

Está bem, então.

AMAL

E você voltará quando tiver colhido as suas flores?

SUDHA

Sim.

AMAL

Voltará mesmo? Promete?

SUDHA

Sim, prometo.

AMAL

Você não vai me esquecer? Eu sou Amal, lembre-se.

SUDHA

Eu não vou esquecer. Você vai ver.

[Sudha sai.]

CENA V

[Entra um grupo de garotos.]

AMAL

Ei, amigos, para onde vocês estão indo? Parem aqui um pouquinho.

GAROTOS

Vamos brincar.

AMAL

Do que vocês vão brincar?

GAROTOS

Vamos brincar de lavradores.

PRIMEIRO GAROTO
[Mostrando um bastão.]

Este é o nosso arado.

SEGUNDO GAROTO

Nós dois seremos o par de bois.

AMAL

E vocês vão brincar o dia inteiro?

GAROTOS

Sim, o dia inteiro.

AMAL

E vocês voltarão para casa à noite, pela estrada que passa junto às margens do rio?

GAROTOS

Sim!

AMAL

Vocês podem passar por aqui quando voltarem para casa?

GAROTOS

Você pode sair e vir brincar conosco.

AMAL

O médico não me deixa sair.

GAROTOS

Médico! Por que você obedece a ele? Vem com a gente! Vamos, está ficando tarde.

AMAL

Não. Por que vocês não brincam na estrada, perto aqui da janela? Aí, eu poderia olhar vocês.

TERCEIRO GAROTO

Do que nós podemos brincar aqui?

AMAL

Com todos esses meus brinquedos. Peguem, fiquem com eles. Não tem graça brincar sozinho. Eles estão cobertos de poeira e sem utilidade para mim.

GAROTOS

Que legal! Que brinquedos bonitos! Olhe, um navio! Esta aqui parece a velha mãe Jatai. E este soldado? Que bonito! É um sipaio! Você nos dará todos eles? Você realmente não se importa em nos dar?

AMAL

Não, nem um pouco. Fiquem com eles.

GAROTOS

Você não quer de volta?

AMAL

Oh, não, não quero.

GAROTOS

Não vão brigar com você por causa disso?

AMAL

Ninguém vai brigar comigo. Mas vocês podem me prometer que brincarão um pouco com eles aqui em frente da minha casa todas as manhãs? E, quando esses brinquedos ficarem velhos, vou dar novos para vocês.

GAROTOS

Está bem, viremos brincar aqui todo dia. Agora, vamos colocar esses sipaios em fila e brincar de guerra. Onde vamos arrumar uma espingarda? Opa, olhem aqui, este pedaço de junco vai servir muito bem. Ei, você está cochilando?

AMAL

Estou sonolento. Não sei, eu me sinto assim às vezes. Tenho ficado muito tempo sentado e estou cansado. Minhas costas doem.

GAROTOS

Mas ainda é meio-dia! Como é que você está com sono? Ouça, o gongo está tocando o primeiro turno do dia.

AMAL

Sim, dong, dong, dong, ele me convida a dormir.

GAROTOS

É melhor irmos embora, então. Voltaremos amanhã de manhã.

AMAL

Quero perguntar algo antes de vocês irem. Vocês estão sempre nas ruas... conhecem os mensageiros do Rei?

GAROTOS

Conhecemos, sim, muito bem.

AMAL

Quem são eles? Quais os nomes deles?

GAROTOS

Um se chama Badal, o outro é Sarat. Há muitos deles.

AMAL

Vocês acham que, se houver uma carta para mim, eles saberão quem eu sou?

GAROTOS

Se o seu nome estiver na carta, eles com certeza encontrarão você.

AMAL

Quando vocês vierem aqui amanhã, por favor, peçam a um deles para parar aqui e me conhecer?

GAROTOS

Está bem, vamos fazer isso.

[Cortina.]

ATO III

CENA I

[Amal na cama]

AMAL

Não posso mesmo ficar perto da janela hoje, tio? O médico se importaria com isso também?

MADHAV

Sim, queridinho. Você viu como piorou a sua saúde por ter ficado agachado ali dia após dia.

AMAL

Oh, não, eu não sei se isso me fez ficar mais doente, mas eu sempre me sinto bem quando estou lá.

MADHAV

Não, não fica. Você se senta lá e faz amizade com todo mundo que passa, jovem e velho. Em torno da minha casa parece uma feira... o corpo humano não suporta esse abuso. Veja... seu rosto está muito pálido.

AMAL

Tio, tenho medo que meu faquir passe e não me veja na janela.

MADHAV

Seu faquir? Quem é esse?

AMAL

Ele vem todos os dias e conversa comigo sobre as terras distantes onde esteve. Eu adoro ouvi-lo.

MADHAV

Como é isso? Eu não conheço nenhum faquir.

AMAL

Está quase na hora de ele vir. Eu lhe imploro: peça a ele para entrar por um momento e falar comigo aqui.

CENA II

[Thakurda entra disfarçado de faquir.]

AMAL

Aí está você. Venha cá, faquir, sente aqui na minha cama.

MADHAV

Mas, mas esse é o…

THAKURDA
[Piscando os olhos.]

Eu sou o faquir.

MADHAV

Claro que é! Difícil é saber o que você não é...

AMAL

Onde você esteve todo esse tempo, faquir?

THAKURDA

Na Ilha dos Papagaios. Acabei de voltar.

MADHAV

A Ilha dos Papagaios!

THAKURDA

Por que a surpresa? E eu sou como você, homem? Quando viajo, não tenho despesas. Uma viagem nada me custa. Eu ando por onde quero.

AMAL
[Batendo palmas.]

Como você se diverte! Lembre-se da sua promessa de me tornar seu discípulo quando eu estiver curado.

THAKURDA

É claro, e eu também ensinarei a você os segredos da viagem que nada custa. Assim, nem o mar, a floresta ou a montanha poderão lhe impedir.

MADHAV

Mas que bobagem!

THAKURDA

Amal, querido, eu não me assusto com nada, seja no mar ou na montanha. Mas, se o médico se juntar a este seu tio, nem os meus mantras vão dar conta: serei vencido.

AMAL

Não. O tio não vai contar ao médico. E eu prometo ficar deitado e quieto. Mas, no dia em que eu ficar curado, juro que vou embora com o faquir e nada – seja o mar, a montanha ou a torrente – impedirá o meu caminho.

MADHAV

Pare, meu filho. Não fique falando em ir embora! Fico tão triste de ouvi-lo falar assim.

AMAL

Diga-me, faquir, como é a Ilha dos Papagaios.

THAKURDA

É uma terra de maravilhas. É um lugar de pássaros. Não há homens. E os pássaros não falam nem andam: simplesmente cantam e voam.

AMAL

Que beleza! E fica no meio do mar?

THAKURDA

É claro!

AMAL

E tem colinas verdes lá?

THAKURDA

Sim, é lá nas colinas verdes que os pássaros vivem. E na hora do pôr do sol, quando as encostas ficam vermelho-incandescentes, todos os pássaros, com suas asas verdes, voltam em bando para os seus ninhos.

AMAL

E tem cachoeiras?

THAKURDA

Claro, querido! Não há uma só colina sem as suas ca-

choeiras. Oh, as águas são como diamantes derretidos. Meu querido, como elas dançam! E fazem os seixos cantarem quando caem sobre eles e os arrastam para o mar. Nenhum médico pode pará-las, nem por um momento! Os pássaros me olhavam com desprezo por eu ser nada mais que um homem, uma criatura bastante insignificante e sem asas... e eles não queriam nada comigo. Não fosse por isso, eu construiria uma pequena cabana para mim entre a multidão de ninhos e passaria meus dias contando as ondas do mar.

AMAL

Como eu queria ser um pássaro! Então...

THAKURDA

Ai, haveria um problema. Eu ouvi dizer que você combinou com o leiteiro que será um vendedor de coalhada quando crescer. Temo que esse ramo de negócios não dá certo entre papagaios, e você poderá ter sérios prejuízos.

MADHAV

Realmente, isso é demais pra mim. Se ficar ouvindo vocês dois, vou ficar louco. Vou embora.

AMAL

O meu vendedor de coalhada já veio e foi embora, tio?

MADHAV

Ele veio, sim. Ele não vai passar a vida fazendo coisas para você e seu faquir de estimação, indo e vindo entre os ninhos da Ilha dos Papagaios, não é? Mas ele deixou um pote de coalhada para você. Disse que está muito ocupado com o casamento da sobrinha na aldeia e tem de contratar uns músicos em Kamlipara.

AMAL

Mas ele me prometeu que eu ia casar com a sobrinha dele!

THAKURDA

Nossa, agora temos um problema!

AMAL

Ele disse que ela seria uma adorável noivinha, com um par de brincos de pérolas nas orelhas e vestida com um lindo sári vermelho; e, de manhã, ela ordenharia a vaca preta com suas próprias mãos, e me alimentaria de leite morno coberto de espuma, servido em uma jarra de cerâmica bem novinha. À noite, ela carregaria a lamparina em torno do curral, depois viria e se sentaria ao meu lado para me contar as histórias dos irmãos champa.

THAKURDA

Que beleza! Isso é uma tentação até para mim, que sou faquir! Mas não se preocupe com o casamento, querido. Deixe estar. Eu garanto que, quando você for se casar, não faltarão sobrinhas na família dele.

MADHAV

Cale-se, criatura! Isso é mais do que posso tolerar.

[Madhav sai.]

CENA III

AMAL

Faquir, agora que o tio saiu, conte-me: o Rei mandou ao correio uma carta para mim?

THAKURDA

Ouvi dizer que a carta dele já saiu, mas ainda está a caminho.

AMAL

A caminho? Onde ela está? Será que está na estrada que dá voltas entre as árvores e chega até aquela floresta que dá para ver quando o céu fica bem claro depois da chuva?

THAKURDA

Exatamente. Você já sabe tudo.

AMAL

Eu sei. Tudo.

THAKURDA

Isso eu estou vendo. Mas como você sabe?

AMAL

Não sei dizer, mas é bem claro para mim. Parece-me que vi isso muitas vezes antes. Quando? Não sei dizer. Você sabe quando foi? Eu consigo ver tudo: ali está o mensageiro do Rei descendo sozinho as encostas das colinas, com uma lanterna na mão esquerda, trazendo nas costas uma sacola de cartas. Está descendo há tanto tempo, por muitos dias e noites. No pé da montanha, onde a cachoeira se torna um riacho, ele toma a estrada estreita na margem e caminha entre o centeio. Então, desaparece no meio da alta plantação de cana. Depois, chega aos prados abertos, onde os grilos cantam e não há um só homem à vista, apenas a narceja[7] *abana a cauda e cutuca*

---

7 *Snipe*, no original. Pássaro que costuma chegar à Índia (e a vários outros países) no inverno.

a lama com seu bico. Eu consigo senti-lo vindo e, quanto mais perto chega, mais meu coração fica feliz.

THAKURDA

Meus olhos não são tão jovens, mas você me faz ver do mesmo jeito.

AMAL

Diga, faquir: você conhece o Rei?

THAKURDA

Sim. Vou até ele diariamente pedir esmolas.

AMAL

Bom! Quando eu estiver bem, eu vou com você pedir esmolas a ele. Posso ir com você?

THAKURDA

Você não precisa pedir, querido. Ele as dará a você de vontade própria.

AMAL

Não, eu prefiro pedir. Vou até o portão do palácio dele e gritarei: "Viva o Rei!" e pedirei esmolas. Talvez eu até dance ao som de um címbalo. Não seria lindo?

THAKURDA

Seria esplêndido, e se você estiver comigo, poderei receber presentes também. Mas o que você pedirá a ele?

AMAL

Eu direi: "Faça-me seu mensageiro, para que eu possa ir, lanterna na mão, entregar suas cartas de porta em porta. Não me deixe ficar em casa o dia inteiro". Sabe, faquir, alguém prometeu me ensinar como mendigar quando eu estiver curado. Vou mendigar com ele sempre que quiser.

THAKURDA

E quem é essa pessoa?

AMAL

Chidam.

THAKURDA

Que Chidam?

AMAL

O velho coxo e cego. Ele passa todos os dias na minha janela. Um menino da minha idade o leva pra lá e pra cá em cima de uma prancha com rodinhas.

Eu disse a ele que, quando eu estiver curado, eu também o levarei para passear.

THAKURDA

Sem dúvida, vai ser muito divertido.

AMAL

Ele disse que me ensinaria tudo sobre a melhor maneira de mendigar. Eu pedi ao tio para dar algo a ele, mas o tio respondeu que Chidam não era realmente cego ou coxo. Bem, pode ser que não seja realmente coxo, mas não vê nada – disso, eu tenho certeza.

THAKURDA

Você está certo, a única coisa verdadeira sobre ele é que não pode ver. Mas por que ainda bate papo com você, já que você não dá esmola a ele?

AMAL

Eu conto a ele sobre tudo. O pobre homem não vê nada. Então, eu falo sobre todos os países que você descreveu para mim. A Terra da Leveza, por exemplo. Você lembra? O país onde nada pesa, onde um pequeno pulo permite que você salte sobre as montanhas. Sabe, faquir, Chidam adora que eu conte a ele sobre esse país. Você sabe qual o caminho para chegar lá?

THAKURDA

Existe um caminho interno, mas é difícil de encontrar.

AMAL

O pobrezinho é cego. Sem dúvida, ele não será capaz de encontrar e terá de se contentar em vagar pelas estradas e mendigar. Ele é muito infeliz, não gosta nada da vida dele, então, digo que, como mendigo, ele consegue visitar muitos lugares: "Nem todo mundo anda tanto quanto você! Nem todo mundo pode fazer isso".

THAKURDA

É tão terrível assim ficar em casa? Por que você fica tão triste?

AMAL

Agora, já não fico triste. A princípio, quando me trancaram aqui, os dias eram tão longos! Desde que veio o correio do Rei, gosto mais e mais de ficar dentro de casa. E, como acho que um dia vou receber uma carta, eu me sinto muito feliz e não me importo de ficar quieto e sozinho. Será que vou entender o que vai estar na carta do Rei?

THAKURDA

Mesmo que você não consiga entender, não seria suficiente a carta apenas trazer o seu nome?

CENA IV

[Madhav entra.]

MADHAV

Vocês dois têm ideia do problema que me causaram?

THAKURDA

O que aconteceu?

MADHAV

Eu soube que vocês espalharam boatos de que o Rei instalou seu correio aqui apenas para mandar mensagens a vocês dois.

THAKURDA

Bem, e o que tem isso?

MADHAV

Nosso chefe, Panchanan, contou isso ao Rei numa carta anônima.

THAKURDA

Que importa? Não sabemos que tudo chega aos ouvidos do Rei?

MADHAV

Então, por que não tomam cuidado? Por que usar o nome do Rei em vão? Vocês me arrastaram para isso e vão me arruinar.

AMAL

Faquir, você acha que o Rei ficará bravo?

THAKURDA

Bravo? Bobagem! Por que ficaria zangado com uma criança como você e um faquir como eu? E, se ficasse, eu lhe diria o que penso.

AMAL

Sabe, faquir, desde hoje de manhã sinto como uma espécie de escuridão cobrindo os meus olhos. Tudo parece como num sonho. Eu quero ficar quieto, não tenho mais vontade de falar. A carta do Rei não vai chegar? É como se este quarto estivesse desaparecendo, é como se tudo…

THAKURDA
[Abanando Amal]

A carta, certamente, virá hoje, meu filho.

CENA V

[Médico entra]

MÉDICO

Então, como você se sente hoje?

AMAL

Eu estou me sentindo muito bem, doutor. Toda a dor parece ter passado.

MÉDICO
[Para Madhav]

Não gosto muito do jeito daquele sorriso. Mau sinal, isso de ele se sentir bem! Chakradhan observou…

MADHAV

Pelo amor de Deus, Doutor, deixe em paz o Chakradhan e me diga o que vai acontecer.

MÉDICO

Temo que ele não ficará entre nós por muito tempo. Eu o avisei antes. Parece que ele foi exposto ao ar frio.

MADHAV

Não, nós tivemos o máximo cuidado. Nunca o deixamos sair de casa. E as janelas têm ficado fechadas quase que o tempo todo.

MÉDICO

Há algo peculiar no ar hoje. Quando eu entrei, senti uma temerária corrente de ar frio através da porta de entrada. É o mais perigoso. Melhor fechá-la à chave imediatamente. Você se importaria de manter seus visitantes fora por dois ou três dias? Se acontecer de alguém chegar inesperadamente... use a porta dos fundos. É melhor você fechar também esta janela: está deixando entrar os raios do pôr do sol, e isso só serve para manter o paciente acordado.

MADHAV

Amal fechou os olhos. Espero que esteja dormindo. O rosto dele me diz... Oh, doutor, eu peguei essa criança, que é uma estranha, e a amei como se fosse minha; e agora vou perdê-la!

MÉDICO

Que é isso? Eis o chefe da aldeia chegando! Que chatice! Devo ir, irmão. Melhor você se mexer e ver se as portas estão bem trancadas. Vou lhe mandar uma dose forte de remédio, assim que chegar em casa. Tente dar a ele... isso talvez o salve, se ele puder ser salvo.

[Saem Madhav e o médico.]

CENA VI

[O Chefe entra.]

CHEFE

Ei, moleque!

THAKURDA
[Levantando-se rapidamente.]

Shhhh, fique quieto!

AMAL

Não, faquir, você achou que eu estava dormindo?

Eu não estava. Eu posso ouvir tudo. Também ouço vozes distantes. Sinto que minha mãe e meu pai estão sentados ao lado do meu travesseiro e estão falando comigo.

CENA VII

[Madhav entra.]

CHEFE

Ei, Madhav, ouvi dizer que você anda confraternizando com uns figurões estes dias.

MADHAV

Poupe-me de suas piadas, Chefe, nós somos gente simples.

CHEFE

Mas o seu filho aqui não está esperando uma carta do Rei?

MADHAV

Não dê atenção a ele. É apenas uma criança doente e confusa.

CHEFE

E por que não? De fato, seria difícil o Rei encontrar uma família melhor! Você não vê que é por isso que ele instalou a nova agência do correio bem em frente à sua janela? É porque há uma carta do Rei endereçada a você, moleque!

AMAL
[Levantando.]

É mesmo?

CHEFE

Como poderia ser falso? Você é amigo do Rei. Eis aqui a sua carta [mostrando um pequeno pedaço de papel em branco]. *Hahaha, esta é a carta!*

AMAL

Por favor, não ria de mim. Diga, faquir, é mesmo a carta?

THAKURDA

Sim, querido. Eu, como faquir, garanto: esta é a carta do Rei.

AMAL

Mas eu não vejo nada! Tudo parece em branco para mim. O que há na carta, senhor Chefe?

CHEFE

O Rei diz: "Vou chamar você em breve. Melhor você providenciar pipoca de arroz e uns bolinhos de arroz com melaço para me oferecer. A comida do Palácio anda bastante sem gosto para mim", hahaha.

MADHAV
[Juntando as palmas das mãos.]

Eu lhe imploro, chefe, não zombe dessas coisas...

THAKURDA

Zombando! Como ele ousa!

MADHAV

Você também está louco?

THAKURDA

Louco? Talvez esteja louco. Mas eu vejo claramente as letras nessa página. Posso ler claramente que o Rei escreve que ele virá, pessoalmente, ver Amal. E vai trazer o médico real.

AMAL

Faquir, faquir, shhh, estou ouvindo o arauto do Rei. Você está ouvindo?

CHEFE

Hahaha! Temo que ele não ouvirá se não ficar um pouco mais louco.

AMAL

Senhor Chefe, eu pensei que o senhor estivesse zangado comigo e não gostasse de mim. Eu nunca imaginei que o senhor buscaria a carta do Rei para mim. Deixe-me limpar a poeira dos seus pés.

CHEFE

Esse menino até que é bem educado. Apesar de bobinho, ele tem um bom coração.

AMAL

O dia está acabando, posso sentir. Ouço o gongo da noite: "dong, dong, dong", "dong, dong, dong". A estrela da tarde já apareceu, faquir? Por que eu não consigo vê-la?

THAKURDA

Oh, as janelas estão fechadas. Vou abri-las.

[Alguém bate com força do lado de fora.]

MADHAV

O que é isso? Quem é? Que coisa!

VOZ
[Vinda de fora.]

Abra a porta!

MADHAV

Quem é?

VOZ

Abra a porta!

MADHAV

Ei, Chefe... espero que não sejam ladrões.

CHEFE

Quem está aí? Aqui é Panchanan, o Chefe da aldeia. Estão com medo de mim? [Para Madhav.] *Ouça, o barulho parou! Sim, até os maiores ladrões têm medo da voz de Panchanan!*

MADHAV

[Olhando receoso pela janela.]

Acho que o barulho parou porque eles acabaram de derrubar a porta...

CENA VIII

[Entra o arauto do Rei.]

ARAUTO

Nosso Rei chegará esta noite.

CHEFE

Meu Deus!

AMAL

A que horas, arauto?

ARAUTO

Tarde da noite, na hora mais escura.

AMAL

Quando, nos portões da cidade, meu amigo Vigia

soar o gongo "dong dong dong, dong dong dong"... então será a hora?

ARAUTO

Sim, então será a hora. Enquanto isso, o Rei envia o melhor médico para cuidar do seu pequeno amigo.

CENA IX

[O médico real entra.]

MÉDICO REAL

O que é isto? Como tudo está abafado aqui! Abram bem todas as portas e janelas. [Examinando o corpo de Amal.] *Como você se sente, meu filho?*

AMAL

Eu me sinto muito bem, doutor. Muito bem. Toda a dor passou. Tudo está fresquinho e aberto! Agora, eu consigo ver todas as estrelas piscando do outro lado da escuridão.

MÉDICO REAL

Quando o Rei chegar, tarde da noite, você se levantará da cama e seguirá com ele?

AMAL

Claro! Estou esperando por isso há tanto tempo. Vou pedir ao Rei para me mostrar a Estrela Polar no céu. Eu acho que já a vi muitas vezes, mas não sei exatamente qual ela é.

MÉDICO REAL

O Rei vai lhe mostrar todas as coisas. [A Madhav.] *Você pode providenciar flores e decorar o quarto para a visita do Rei?* [Indicando o Chefe.] *Aquele homem não deve ficar aqui.*

AMAL

Oh, não, doutor, deixe-o ficar. Ele é um amigo. Foi ele quem me trouxe a carta do Rei.

MÉDICO REAL

Muito bem, meu filho. Ele pode ficar, já que é seu amigo.

MADHAV

[Sussurrando no ouvido de Amal.] *Meu filho, o Rei ama você. Ele vem pessoalmente. Peça a ele um presente. Você sabe que somos pobres.*

AMAL

Não se preocupe, tio. Eu já pensei sobre isso.

MADHAV

O que você vai pedir, meu filho?

AMAL

Eu vou pedir a ele que me torne um dos mensageiros do Correio Real, para que possa ir a muitos lugares distantes, entregando suas mensagens de porta em porta.

MADHAV
[Batendo na testa.]

Ai, é isso?

AMAL

Tio, o que vamos oferecer ao Rei quando ele chegar?

ARAUTO

Ele pediu pipoca de arroz e uns bolinhos de arroz com melaço.

AMAL

Pipoca de arroz e bolinhos de arroz com melaço! Ah, Chefe, você estava certo. Você disse isso. Você sabia mais do que nós.

CHEFE

Se você enviar alguém à minha casa, faremos o possível para oferecer a Sua Majestade uma boa...

MÉDICO REAL

De forma alguma! Agora, fiquem quietos, todos vocês. O sono está descendo sobre ele. Vou me sentar ao lado do travesseiro dele. Está entrando em torpor. Apaguem o lampião. Deixem apenas a luz das estrelas aqui dentro. Silêncio, ele dorme.

MADHAV
[Dirigindo-se a Thakurda.]

O que você está fazendo parado aí, parecendo uma estátua, com as mãos juntas? Eu estou nervoso. Diga-me, são bons sinais? Por que estão escurecendo o quarto? Como a luz das estrelas vai ajudar?

THAKURDA

Silêncio, homem sem fé.

CENA X

[Sudha entra.]

SUDHA

Amal!

MÉDICO

Ele dorme.

SUDHA

Eu trouxe algumas flores. Posso pôr nas mãos dele?

MÉDICO REAL

Sim, pode.

SUDHA

Quando ele vai acordar?

MÉDICO REAL

Quando o Rei vier e o chamar.

SUDHA

O senhor poderia dizer uma palavra, por mim, no ouvido dele?

MÉDICO REAL

O que devo dizer?

SUDHA

Diga a ele que Sudha não o esqueceu.

[Cortina.]

Saat Bhai Champa

Os sete irmãos champa e sua irmã parul[8]

(LENDA BENGALI)

ERA UMA VEZ, NUM REINO PRÓSPERO, UM REI QUE tinha sete rainhas. A mais velha era orgulhosa e insolente, enquanto a mais jovem era conhecida por sua bondade e gentileza. Esta era a mais amada pelo marido, cujo objetivo principal era fazê-la feliz. Entretanto, ele não era indelicado com suas outras esposas e lhes dava

8 Adaptado das diversas versões da lenda e da narrativa contida no livro *Bengal Fairy Tales* [Contos de Fadas de Bengala], de Francis Bradley Bradley-Birt. Londres: John Lane, The Bodley Head, 1920.

tudo o que desejavam. Assim, as rainhas passavam a vida em grande luxo e esplendor. Mas uma tristeza pairava sobre o palácio. O rei não tinha filhos e o pensamento de que, se morresse sem um herdeiro, todos os seus domínios e riquezas passariam para as mãos de um estranho preocupava a ele e ao seu povo.

Com o passar do tempo, quando toda esperança de um herdeiro já havia sido abandonada, a rainha mais jovem engravidou. A alegria do rei foi tão grande que ele distribuiu ricos presentes a todos do reino. Seu apego à afortunada rainha e sua impaciência para saber sobre o parto tornaram-se tão grandes que ele atou seu pulso ao dela por uma longa corrente. Desejava sempre saber dos seus movimentos e queria ser avisado do nascimento sem a menor demora, não importando a distância entre os dois. As outras rainhas não se continham de inveja e ciúmes.

Quando chegou a hora do parto, a rainha mais jovem retirou-se para seus aposentos acompanhada pelas rainhas mais velhas, que se ofereceram para atendê-la. Nasceram sete filhos, muito bonitos, e uma filha que parecia a encarnação da Lua na Terra. A mãe pediu para vê-los, dizendo: "Irmãs, por favor, deixem-me ver os meus bebês". Mas, a esse pedido, as outras rainhas, com gestos de desprezo, responderam: "Desgraçada, que atrevimento! Você quer ver o fruto do seu parto? Veja: você gerou ratos, caranguejos, escorpiões e rãs".

Ouvindo isso, a rainha mais jovem desmaiou e, aproveitando-se disso, as rivais colocaram os oito bebês em potes de barro e os enterraram sob um monte de cinzas do lado de fora da cozinha. Elas então sacudiram a corrente do jeito que o rei tinha planejado para sinalizar o nascimento do filho. O soberano entrou correndo, com uma fisionomia radiante, de indizível alegria. Mas qual foi sua decepção ao saber, pelas rainhas mais velhas, que a esposa amada era uma bruxa que tinha dado à luz apenas animais peçonhentos. Fora de si, transtornado de raiva e frustração, mandou expulsar a infeliz do palácio. Ela foi submetida a grandes humilhações e passou a trabalhar como *ghootah-kurani*, mulher que coleta esterco de vaca e com eles faz pequenos bolos que, depois de secos, servem como combustível. Enquanto isso, suas rivais passavam o tempo em festas plenas de alegria.

Mas uma calamidade profunda caiu sobre todo o reino. O rei sempre estava cabisbaixo e abatido pela tristeza, e seus súditos com o coração partido. Uma nuvem de melancolia envolveu o palácio. Os pássaros se esqueciam de cantar e as flores de desabrochar. Certa manhã, o jardineiro, veio dizer ao rei que já não havia flores no jardim para o soberano oferecer aos deuses nas suas preces diárias. Entretanto, disse, haviam surgido oito árvores – sete *champas* e uma *parul* –, cada uma com uma única flor, crescendo sobre o monte de cinzas perto da cozinha. O rei ordenou que as flores fossem colhidas. Mas, assim que se aproximou das árvores, uma flor de parul, muito bela, vermelha e perfumada, disse com voz suave: "Ó, champas, meus sete irmãos, acordem, acordem". "O que você deseja de nós?", foi a resposta vinda das flores champas.

"O jardineiro do rei está aqui", respondeu a flor de *parul*, "ele pode colher flores para o rei honrar os deuses?".

"Não", disseram as *champas*, "não antes que o rei venha até nós".

Dizendo isso, as flores subiram mais alto em suas árvores e ficaram fora do alcance. O jardineiro ficou aterrorizado e correu para contar tudo ao rei. Este e seus cortesãos imediatamente foram até o local. Estava prestes a colher as flores quando a *parul* chamou os irmãos, da mesma forma de antes, e perguntou se eles se colocariam à disposição do rei.

As *champas* responderam negativamente e disseram: "Deixe a rainha mais velha vir, e então veremos o que pode ser feito". Depois disso, elas subiram um pouco mais alto nas suas árvores. A rainha mais velha veio, e a cena anterior foi repetida, até que foram convocadas todas as outras cinco rainhas. Quando a última delas chegou, também não conseguiu colhê-las. As flores estavam tão altas no céu que pareciam estrelas. Então, em altas vozes, as flores pediram: "Que a rainha descartada, aquela que faz e vende bolos de estrume de vaca, venha até nós, e nos colocaremos à sua disposição".

Um grande palanquim foi enviado para a cabana da rainha desprezada, que foi trazida para o palácio. Estava coberta de esterco de vaca.

Mal chegou perto das árvores, e as flores desceram dos céus. A rainha estendeu as mãos e colheu uma das flores, que se transformou em uma criança. Das sete *champas*, surgiram meninos parecidos com príncipes e, da *parul*, surgiu uma garota de grande beleza.

Eles se ajoelharam diante da rainha desprezada, chamando-a docemente de mãe, e contaram ao rei a sua triste história.

Todos os que viram a cena ficaram paralisados e sem palavras. Lágrimas escorreram em torrentes dos olhos do rei, e as outras rainhas tremeram de medo. Elas foram condenadas a passar o resto de seus dias na prisão.

O rei, a honrada rainha e seus filhos viveram em harmonia no palácio e a partir daquele momento a felicidade e a paz invadiram todo o reino.

O palco interior

Cláudio Chinaski

TEATRÓLOGO

SURGIDO NA FRANÇA POR VOLTA DE 1885, O MOvimento simbolista logo atraiu a atenção de muitos e destacados escritores, que, nele, viram a possibilidade de construir uma "resistência" artística que restituísse ao homem um pouco da grandeza que havia sido tirada pelas descobertas científicas e as teorias mecanicistas que surgiram no rastro da teoria da evolução, de Charles Darwin, bem como do progresso tecnológico trazido pela revolução industrial iniciada nos fins do século XVIII.

Na visão dos simbolistas, o homem havia sido reduzido a um animal insignificante diante da grandeza da natureza e da força da

NO ALTO:
A atriz inglesa Mary Garden como Mélisande na estreia da ópera Pelléas et Mélisande de Maurice Maeterlinck, com música de Debussy. 1908.

máquina. O homem estava limitado a ser um produto de seu meio, totalmente descartável diante do espírito científico – e isso lhe trazia uma profunda angústia, pela conscientização de seu lugar no mundo. Havia um choque entre a pretensa explicação científica e a inexatidão dos mistérios da vida.

Movimento principalmente de poetas, que viam no texto o veículo ideal para exploração das subjetividades do ser humano, o simbolismo se movimentava em direção ao teatro através de ondas que mais resvalavam para o choque e o conflito do que para uma relação harmoniosa. Para entender esse processo, precisamos lembrar que o teatro da época era predominantemente voltado para o entretenimento das classes burguesas, com textos leves e divertidos, um teatro de vaudevilles e comédias de costume. Para os poetas, o teatro poderia ser o palco ideal para projetar no mundo exterior o universo interior do ser humano, onde o símbolo poderia substituir com eficácia os textos realistas carregados de longos diálogos.

Com o surgimento da iluminação elétrica, que permitia a criação de zonas de luz e sombras no palco, ultrapassando as imposições de se criar cenários cada vez mais realistas, o simbolismo parecia ter encontrado o espaço perfeito para que a subjetividade pudesse, enfim, ser retratada fora do texto escrito.

Entretanto, havia algo no teatro que incomodava demasiado os poetas simbolistas, particularmente o principal expoente do chamado "teatro simbolista", o dramaturgo e poeta Maurice Maeterlinck, que via no ator uma interferência desnecessária no processo de comunicação do texto. O poeta belga chegou a propor a substituição do ator por marionetes, afirmando que a "alma do ator" interferia na "alma das personagens".

Uma vez que os simbolistas pareciam necessitar mais de um médium que de um artista, pois defendiam que o texto fosse comunicado em ritmo contínuo e uniforme, sem caracterização ou interpretação, é fácil entender por que as pretensões simbolistas para o teatro transitaram, no meio teatral, entre a indiferença e o total desprezo pelas propostas do movimento.

Ora, a arte dramática tem seus códigos, marcos básicos que permitem que a linguagem cênica seja entendida como uma linguagem autônoma, entre eles a ação e o conflito. No drama clássico, é a ação das personagens que coloca em movimento a dramaturgia. No simbolismo, não há ação, no sentido de personagens em conflito buscando a solução de um problema. No simbolismo, a ação é substituída pela situação. Vemos uma ou mais personagens esperando, impassíveis, que o destino se cumpra. E esse destino é, quase sempre, a morte.

As falas, no teatro simbolista, raramente são suficientes para que se estabeleça um diálogo entre as personagens, mais semelhantes que são à declamação que à interpretação. As personagens não representam pessoas reais em situações reais, são símbolos líricos de realidades interiores, representações de instantes, flagrantes do momento exato em que o destino está agindo. As peças não são uma sequência de acontecimentos que buscam um final feliz, a clareza ou a redenção, consistindo tão somente de momentos que levam ao desfecho inevitável apresentado já no início do texto.

E é em torno do texto que gira todo o conceito do teatro simbolista desenvolvido, é claro, por poetas e não por artistas da cena. Maeterlinck, sempre ele, alerta para a inutilidade da encenação e os perigos que ela poderia causar a um bom texto. Mas, ainda assim, e talvez justamente por isso, o teatro simbolista vai plantar as bases para o surgimento do teatro do século XX, fomentando a ideia de uma representação apartada da realidade, recolocando em cena o teatral, o simbólico, o sonho e a materialização do irreal, rompendo com o ilusionismo figurativo do drama clássico e trazendo ao espectador a consciência de que o palco é um "espaço cênico" e não a continuidade da realidade.

Em *O correio*, vemos um equilíbrio maior entre as necessidades cênicas e o desejo do autor de apresentar uma fábula em que a ação da personagem principal, o menino Amal, consegue colocar em movimento um conjunto de ações internas que culminam na criação de um grupo heterogêneo em busca do mesmo ideal: dar a Amal alguns instantes de genuína felicidade, mesmo diante de seu inevitável fim. Embora falar seja a principal ação do texto, esse falar é capaz de provocar mudanças, sempre para melhor, nas personagens que entram em contato com o menino.

O teatro simbolista pode ter desejado prescindir de atores e cenários, conflitos e catarse, um radicalismo ao qual Rabindranath Tagore não se alia, preferindo construir um texto em que os elementos tradicionais do teatro se harmonizam com os símbolos propostos para a encenação. O poeta chama o leitor para o centro da cena, também consciente de que nem a poesia, nem o teatro jamais poderão existir sem o leitor/espectador.

Quem de vós atenderá ao chamado e mergulhará tão fundo dentro de si próprio até chegar nas profundezas onde os poetas desenham vidas em suaves folhas de papel em branco?

Glossário

Ayurveda (aiurveda) – Um dos mais antigos sistemas de medicina tradicional, a Ayurveda foi desenvolvida na Índia há aproximadamente cinco mil anos. Ayurveda, em sânscrito, significa "ciência da vida". Une as palavras *ayur* (vida) e *veda* (ciência ou conhecimento). Ainda é bastante usada na Índia, em combinação com a medicina ocidental, embora algumas instituições médicas a considerem uma pseudociência.

Banyan – A figueira-de-Bengala (*Ficus benghalensis*), uma árvore típica da Índia e da região de Bengala, onde vivia Rabindranath Tagore. É considerada sagrada e a árvore nacional da Índia. Na tradição hinduísta, é vista como uma árvore celestial, ligada ao deus Krishna.

Champa – *Champa* ou *champak* é o nome da flor de frangipani. Na região de Bengala, um dos mais tradicionais contos de fadas é "Os sete irmãos *champa* e sua irmã *parul*", que se tornam flores. Na região de Bengala, são muito conhecidas as árvores *champa* e *parul*.

Tagore menciona o conto nas falas de Amal. No jardim da casa do poeta, em Calcutá, há uma árvore de *champa*.

Chattu ou sattu – É um tipo de farinha usada na Índia, consistindo de uma mistura de leguminosas moídas e cereais. O pó seco é preparado de várias maneiras como ingrediente principal ou secundário dos pratos. É uma importante fonte de proteína para vegetarianos e reconhecido como um superalimento. O *chattu* é preparado torrando-se grãos, geralmente grão-de-bico ou cevada, que depois são moídos até formar uma farinha fina.

Da'i – Coalhada ou *dahi* é um produto lácteo feito coalhando-se o leite com uma substância ácida comestível, como suco de limão, vinagre ou a própria coalhada.

Khoi muri-murki (arroz tufado com melaço) – O bolinho de arroz tufado com melaço é um prato muito popular em Bengala Ocidental, onde nasceu e viveu Rabindranath Tagore. O arroz tufado (*khoi*) é um cereal indiano clássico e um alimento básico, também conhecido como *murmura, kurmura, mamra, mudhi, murmuri, pori* ou *muri*, de acordo com a região da Índia. O arroz tufado é feito de grãos de arroz aquecidos sob alta pressão ou vapor. Torna-se, assim, um floco, uma espécie de pipoca de arroz. É comumente usado nos *chaats* (os lanches indianos), em cereais matinais e na comida de rua.

Tradicional, simples e barato, é oferecido aos deuses hindus nas pujas (celebrações rituais hinduístas). Devotos costumam embalar o arroz tufado em açúcar mascavo para oferecer a Ayyappan e a Ganesha. Desde o século XV, o arroz tufado é mencionado em vários textos como uma oferenda às divindades.

Neste link, você assiste ao vídeo da preparação do khoi *muri-murki*: <https://www.youtube.com/watch?v=tNIH8RWfv8s>

Pândita – Um pândita é um estudioso, professor e profundo conhecedor de sânscrito e do hinduísmo em seus múltiplos aspectos, especialmente dos Vedas. A palavra em sânscrito (पण्डति), originalmente designava um brâmane que estudou e memorizou uma significativa parte dos hinos védicos e os cantava ou recitava em solenidades religiosas.

Sipaio – Soldado indiano do período do Raj britânico.

Onde a mente não tem medo e a cabeça está erguida
Onde o conhecimento é livre
Onde o mundo não foi fragmentado
por estreitas paredes domésticas
Onde as palavras emergem das profundezas da verdade
Onde o esforço incansável estende seus braços em direção à perfeição
Onde a clara corrente da razão não se perdeu
na sombria areia deserta dos hábitos mortos
Onde a mente é conduzida por Ti
em pensamento e ação cada vez mais amplos
Nesse paraíso de liberdade, meu Pai, deixe o meu país despertar. [9]

---

9 "Onde a mente está sem medo" (চিত্ত যেথা ভয়শূন্য, Chitto Jetha Bhoyshunno), *Gitânjali*. Poema 35. Tradução de Sônia Zaghetto. Em 1917, Tagore leu a versão em inglês (então intitulada "Indian Prayer") na sessão do Congresso Nacional Indiano, em Calcutá. Esse poema inspirou os indianos na construção da imagem de uma nação dinâmica, não dividida e de pensamento livre e acessível a todas as classes sociais.

Biografia de Rabindranath Tagore

PRIMEIRO AUTOR ASIÁTICO A CONQUISTAR O PRÊmio Nobel de Literatura e figura mais importante da poesia bengali, Rabindranath Tagore (em bengali, রবীন্দ্রনাথ ঠাকুর) nasceu em Calcutá no dia 7 de maio de 1861. Poeta, romancista, músico, pintor tardio, filósofo, dramaturgo, interessado em ciência, política e educação, revolucionou a literatura e a música de Bengala Ocidental entre o final do século XIX e o início do século XX, no momento artístico que ficou conhecido como o Renascimento bengali. Suas

NO ALTO: *Rabindranath Tagore em Shantiniketan.*
À ESQUERDA: *Tagore jovem, aquarela de Abanindranath Tagore.*

múltiplas habilidades artísticas e o domínio de várias áreas do conhecimento renderam-lhe o adjetivo "polímata". Na Índia, usa-se palavras milenares para denominá-lo. Uma delas é Gurudev, um mestre cujo intelecto está à altura de sua espiritualidade; outra é *kaviguru*, um termo que une as palavras sânscritas poeta (*kavi*) e mestre (*guru*).

Conhecido principalmente por sua poesia, Tagore escreveu uma obra que ultrapassa oitenta volumes. São romances, ensaios, contos, diários de viagem, peças de teatro e canções. De sua prosa, os contos são os mais altamente considerados, e ele é creditado como o fundador do gênero em língua bengali, com o conto "Bhikharini" [A mendiga], de 1877.

Sua obra prima, *Gitânjali*, rendeu-lhe o Prêmio Nobel de Literatura de 1913 por seus "versos profundamente sensíveis, frescos e belos" – uma pequena amostra da extensa coleção de três mil poemas que escreveu.

A prosa elegante e a poesia impregnada de espiritualidade de Tagore permanecem relativamente desconhecidas fora da Índia. Diz-se mesmo que é quase impossível traduzir seus poemas e canções – o *Rabindra Sangita* ou Cancioneiro de Rabindranath –, uma coleção que inclui mais de 2 mil canções, nas quais o poeta fundiu a música clássica indiana com as tradições folclóricas de diferentes partes da Índia, sobretudo de sua terra natal, Bengala. E isso decorre não apenas pela natural dificuldade de tradução de obras poéticas, mas especialmente do fato de que seus versos e suas canções se revestem de profunda sofisticação, ritmo melodioso, intrincado jogo de palavras e métrica apurada, irreproduzíveis fora do idioma nativo.

Mais novo dos treze filhos de Debendranath e Sarada Devi, Rabindranath Tagore nasceu na mansão familiar, Jorasanko Takhur Bari, na Índia então sob domínio britânico. Os patriarcas da família eram brâmanes *piralis*, fundadores da fé Adi Darma, um movimento religioso que se opunha ao sistema de castas, entre outras propostas de reforma religiosa que contrariavam a tradição hinduísta.

Por ter perdido a mãe ainda na infância e dadas as frequentes viagens de trabalho do pai, Rabindranath foi educado em casa por tutores que lhe ensinavam disciplinas como história, astronomia, sânscrito e literatura.

Começou a escrever poemas aos oito anos. Aos dezesseis, publicou seu primeiro poema relevante; e os primeiros contos e dramas em 1877. Estudou Direito em Londres, de 1878 a 1880, mas desistiu antes de se formar e retornou à Índia.

Tagore casou-se com Mrinalini Devi Raichaudhuri em 9 de dezembro de 1883. A noiva foi enviada para estudar com tutores até ter idade para consumar o casamento. O casal teve três filhas, Madhurilata (Bela), Renuka e Mira; e dois filhos, Rathindranath e Samindranath. Duas das crianças não viveram até a idade adulta. Nesse período, Tagore passou a administrar algumas das propriedades de sua família, viajando por aldeias e vilarejos. Suas experiências nesses locais são fonte de inspiração para os poemas do livro *Sonar Tari* (1894) e para diversos contos.

O período entre 1880 e 1910 foi o mais prolífico da vida de Tagore. Nele, o poeta experimentou formas literárias nunca antes tentadas na literatura bengali.

Em 1901, Tagore mudou-se para Shantiniketan a fim de fundar um *ashram* com uma sala de orações, uma escola experimental, bosques, jardins e uma biblioteca. Foi uma época de perdas significativas: morreram sua esposa, o pai e dois de seus filhos.

Dez anos depois, o escritor havia concluído a tradução de algumas de suas obras para o inglês e, em 1912, viajou para a Inglaterra em busca de publicação. Lá, seu trabalho impressionou poetas renomados, como William Butler Yeats e Ezra Pound. A Yeats, coube escrever a introdução da primeira edição, em inglês, de *Gitânjali, oferenda lírica* (গীতাঞ্জলি). O poeta irlandês – laureado com o Nobel de Literatura em 1923 – encantou-se profundamente pelos versos de Tagore, mesmo advertido de que, nas traduções, se perdera a sofisticação e a elaborada poesia dos textos originais, uma opinião de que o próprio Tagore compartilhava.

A visão apaixonada de Yeats sobre *Gitânjali* marcou gerações de leitores: "Carrego comigo o manuscrito dessas traduções há dias, lendo-o em trens, ônibus e restaurantes. Muitas vezes, tive de fechá-lo para que algum estranho não percebesse o quanto ele me emocionava. Essas letras – que, no original, dizem meus amigos indianos, estão cheias de sutileza, de ritmo e de delicadezas intraduzíveis, de cor, de métrica inventiva – carregam um mundo com o qual sonhei durante toda a minha vida. Obra de uma cultura suprema, ainda assim parecem simples".

Foi justamente *Gitânjali que* deu a Tagore o Prêmio Nobel de Literatura em 1913, um ano após ser publicado na Inglaterra. Pela primeira vez um escritor não europeu foi laureado. Dos 157 poemas da edição bengali, 103 foram traduzidos pelo próprio poeta.

As cartas de Tagore revelam que ele sofria com os elogios que considerava exagerados e se ressentia pelos que não podiam ler os poemas no original. Para Harriet Monroe, escreveu: "Tenho polido as versões em inglês de alguns de meus poemas narrativos [...]. Acho difícil transmitir a eles o vigor natural dos poemas originais. A simplicidade parece anêmica". O poeta carregou esse peso por toda a vida e o entendia como um tributo a ser pago para ser lido em outros idiomas.

Tornado famoso em todo o mundo graças ao Nobel, Tagore recebeu o título de cavaleiro, concedido pelo rei George V, em 1915. O poeta devolveu a honraria quatro anos depois, em protesto contra o massacre de Jallianwala Bagh.[10] Explicou sua de-

10 O Massacre de Jallianwala Bagh, ou Massacre de Amritsar, foi um assassinato em massa ocorrido na cidade de Amritsar, no norte da Índia, em 13 de abril de 1919. Durante a Primeira Guerra Mundial, a Grã-Bretanha aumentou seu controle sobre a Índia por meio da Lei de Defesa da Índia em 1915. Os cidadãos indianos esperavam que, por terem participado da guerra, combatendo ao lado dos britânicos, obteriam maior controle de seu país. Não foi o que ocorreu: os britânicos garantiram poderes ainda maiores por meio dos Atos Rowlatt em

cisão em uma carta a Lord Chelmsford, então vice-rei da Índia: "A severidade desproporcional das punições infligidas às pessoas infelizes e os métodos de realizá-las, estamos convencidos, não têm paralelo na história dos governos civilizados [...] Eu, de minha parte, desejo permanecer de pé, destituído de todas as distinções especiais, ao lado dos homens do meu país".

A atuação social e política de Tagore se destaca em sua biografia. Sua família, integrada por artistas – pintores, cantores, compositores e literatos –, inovou em vários aspectos, desafiando convenções e tradições religiosas arraigadas no denso panorama cultural indiano. As mulheres de sua família eram cultas e recebiam educação formal e artística.

Como humanista, denunciou o Raj britânico e defendeu a independência da Índia. Durante toda a vida, foi um destacado representante da cultura hindu. Sua influência e popularidade internacional, nesse aspecto, só se equiparam às de Gandhi, que alguns autores dizem ter recebido de Tagore o epíteto que o consagrou, *Mahatma*, grande alma. Gandhi chamava Tagore de "Sentinela da Índia".

Desde a década de 1930, Tagore protestou contra a estrutura de castas na Índia, e sua obra abordou questões relacionadas aos direitos das mulheres, o que o tornou alvo das críticas de grupos hinduístas mais ortodoxos. No Ocidente, sua popularidade também diminuiu depois que ele renunciou ao título de cavaleiro e criticou publicamente a política colonialista da Grã-Bretanha. Ainda assim, manteve-se como figura literária de renome internacional, viajando pelo mundo e dando palestras. Entre 1878 e 1932, visitou mais de trinta países nos cinco continentes.

Tagore foi o único literato que escreveu os hinos de dois países. Em 1971, "Amar Shonar Bangla" tornou-se o hino nacional de Bangladesh. Ironicamente, foi um poema criado em protesto

---

1919. Os protestos levaram ao massacre de Amritsar, no qual tropas britânicas dispararam contra manifestantes indianos. Estimam-se entre 380 a mil, os mortos, e em 1.200, os feridos.

contra a divisão de Bengala em 1905. Já "Jana Gana Mana" foi escrito em *shadhu-bhasha*, uma forma sânscrita de bengali, e é a primeira das cinco estrofes do hino *brahmo* "Bharot Bhagyo Bidhata", composto por Tagore. Foi cantado pela primeira vez em 1911 em uma sessão do Congresso Nacional Indiano e adotado em 1950, pela Assembleia Constituinte da República da Índia, como hino nacional.

Aos sessenta anos, Tagore começou a desenhar e a pintar. Seus trabalhos nessa área não se comparam à alta qualidade de sua poesia. Mesmo assim, exposições bem-sucedidas de suas obras ocorreram em toda a Europa. A Galeria Nacional de Arte Moderna da Índia lista 102 obras pictóricas de Tagore em suas coleções.

Os últimos cinco anos do escritor foram marcados por um forte interesse em ciência (especialmente astronomia, biologia e física) e por longos períodos de doença. A poesia desses anos finais é a mais refinada de sua produção.

O período de prolongado sofrimento físico terminou com a morte de Tagore em 7 de agosto de 1941, aos oitenta anos. Ele estava em um quarto no andar superior da mansão em Jorasanko, onde nasceu e viveu. Seu último poema foi ditado em 30 de julho de 1941, pouco antes de uma cirurgia. "A caminho da criação" fala de um homem pronto a receber a oferta final da vida. Desejou burilar o poema, mas jamais voltou à consciência após a cirurgia.

A independência da Índia ocorreu em 15 de agosto de 1947. O território foi dividido em Índia e Paquistão após disputas políticas internas acirradas que resultaram em um banho de sangue. Tagore estava morto há seis anos.

Desde 1914, diversos tradutores publicaram poemas de Tagore no Brasil. O país é um dos que mais possui traduções de obras do poeta bengali. As mais conhecidas são as de Guilherme de Almeida, Cecília Meireles e Abgar Renault. Almeida fez sensíveis e bem-cuidadas traduções de *Gitânjali* e *O jardineiro*. Cecília traduziu diversos textos e tornou-se uma das maiores divulgadoras da obra de Tagore no Brasil, a ponto de receber, em 1953, o título de Doutor Honoris Causa na Universidade de Déli. Renault traduziu *A lua crescente, Colheita de frutos* e *Pássaros perdidos*.

O apelo do cancioneiro de Tagore é tal entre os bengalis, dada a combinação de força emotiva e beleza, que a revista *Modern Review* observou que não há, em Bengala, um só lar onde as canções de Rabindranath não sejam cantadas. Das casas cultas às humildes moradas dos aldeões analfabetos, Tagore domina a paisagem cultural bengali há mais de um século. Está cada vez mais forte. Após a queda de seus direitos autorais, em 2001, surgiram dezenas de produtos, filmes e álbuns fazendo releituras e homenagens ao poeta.

O legado de Tagore permanece vivo na universidade Vishva-Bharati, que ele fundou, e na sua obra poética imortal.

ABAIXO:

James Baillie Fraser, Uma vista no bazar, em direção à estrada de Chitpore. Gravura aquarelada, 1826.

Clube dos Observadores de Corvos do Senhor Poe

O CLUBE DOS OBSERVADORES DE CORVOS DO Senhor Poe é um serviço de assinatura dos produtos culturais da *Senhor Corvo – Artes do Imaginário*. Consiste em uma assinatura anual que dá direito a receber produtos editados ou oferecidos pela Senhor Corvo, tais como livros inéditos, leituras dramáticas, workshops e descontos em cursos.

A *Senhor Corvo – Artes do Imaginário* agradece aos Observadores de Corvos por apoiarem a cultura e a arte no Brasil. A publicação deste livro de Rabindranath Tagore só foi possível graças à sua generosidade.

Agradecimentos:

Adriana Florio Cairo
Adriana Pinho
Aloisio Júnior
Amir Lipman Perlin
Ana Carla Queiroz
Ana Carolina Viana Peixoto
Ana Maria Bacchi
Angélica Kolody Mammana
Angélica Walker
Aparecida de Fátima Flavio
Arlete Moura da Silva
Carla Márcia Parisi Checchia
Carmen Lícia Palazzo
Carminha Cabral
Clarice F. N. Carvalho
Claudia Azeredo
Daniela Magalhães Barbosa
Daniela Meneses
Denise Carneiro do Vale
Eduardo dos Santos Melo
Eliane do Val Villares Carlman
Érica de Souza Castro
Evelise Pataro
Evlyn Sucaria
Fabíola Ribeiro Terra Baccega
Gabriela Braga
Gianpaola Guidotti
Greice Wasserstein
Heloísa H. Martinez
Heloisa Helena Leal
Íria de Fátima Flório
Isamarques Estevam Ramalho
Jane Araujo
José Vítor Carvalho Hansem
Josély Graziano
Kátia Mayne Moyle
Kátia Regina de Almeida
Lauricena Abelha di Fuccio Lages
Lucia Burke
Luivana de Andrade
@lidiachamelete
Marcelo Bordalo
Márcia Regina Fernandes Ribeiro
Maria Alice Costa Coelho
Maria Alice Polacow Sabbagh
Maria Cecilia Hessel Lopes
Maria Gislaine Machado
Maria Iaci Machado (*in memoriam*)
Maria José Correia
Maria Letícia Versiani Caldeira
Maria Lúcia de Pinho Apezzato
Mariângela Botelho Franco
Marta Pessoa
Mônica Gabbay
Mônica Matthke
Natália Roque Leite
Nayara Leal
Nídia Lúcia C Edler
Olivia Rodrigues
Paulo Diniz

Pedro Augusto Deja Teixeira
Regina Dias
Regina Romani
Renata Sanches
Ricardo Bernardes Cruz Bonatti
Rosana Peres Rabello
Rosangela Pertile
Rose Ornelas
Rossana Karin Rodrigues Sampaio
Sorelle Achkar
Sueli de Oliveira Villas Bôas
Suzana Bittencourt Abreu
Teca Franco
Tereza Moita
Tirma Lygia Giordano
Toni Araújo
Valeria Sarmento da Costa Boschetti
Zileni Craveiro
Zoraya Silva

Este livro celebra os cinco anos
da Tagore Editora
e a recém-nascida parceria com a
Senhor Corvo Artes do Imaginário.
É um tesouro que homenageia
a arte e a espiritualidade
do poeta indiano
Rabindranath Tagore.